용검풍 2

한성재 新무협 판타지 소설

초판 1쇄 찍은 날 § 2007년 1월 26일
초판 1쇄 펴낸 날 § 2007년 2월 7일

지은이 § 한성재
펴낸이 § 서경석

편집장 § 문혜영
편집책임 § 이재권
편집 § 유경화

펴낸곳 § 도서출판 청어람
등록번호 § 제1081-1-89호
등록일자 § 1999. 5. 31
어람번호 § 제2-1117호

주소 § 경기도 부천시 원미구 심곡1동 350-1 남성B/D 3F (우) 420-011
전화 § 032-656-4452 팩스 § 032-656-4453
http://www.chungeoram.com
E-mail § eoram99@chollian.net

ISBN 978-89-251-0523-9 04810
ISBN 978-89-251-0521-5 (세트)

龍劍風

한성재 新무협 판타지 소설

Fantastic Oriental Heroes

2

| 용서받지 못한 자 |

도서출판 청어람

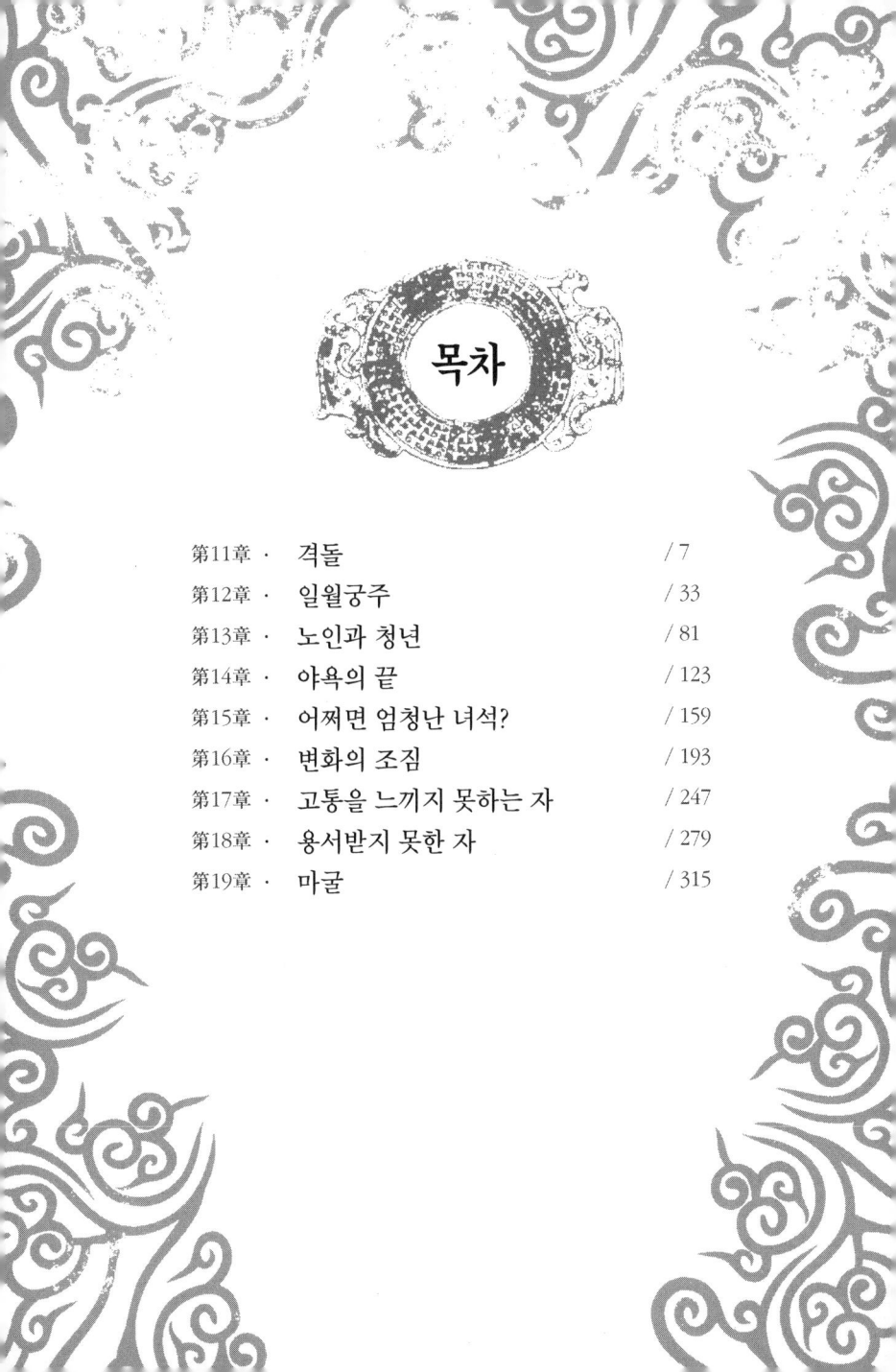

목차

第十一章

격돌

龍
劍風

휘잉!

"웃!"

적연은 눈을 부릅뜨며 뒤로 몸을 뺐다. 그와 동시에 날카로운 검날이 가슴을 스치고 지나갔다.

실로 종이 한 장 차라 할 만했다.

"괜찮군."

"하아!"

허난경은 황당하다는 표정을 지었다. 자신의 공격을 피한 것으로도 충분히 놀라웠다. 하지만 고작, 괜찮다?

탁탁.

적연은 자신의 옷 앞섶을 손으로 탁탁 치며 히죽 웃었다.

'이상하다.'

허난경의 의문은 당연한 것이었다. 실수로 보이지가 않았다. 암습이 아닌 정면으로 도전해 온다는 사실은 섣불리 마음에 와 닿지 않는 것이었다.

"넌 뭐냐?"

"뭐 같지?"

"살수는 아니야."

"훙."

적연은 콧방귀를 뀌며 허난경을 향해 몸을 날려 들어갔다. 대화를 나누는 시간조차도 아까웠다.

챵!

적연과 허난경의 검이 맞부딪쳐 갔다.

"홍!"

그 순간 적연이 검을 미끄러뜨리더니 아래에서 위로 그었다.

피잉!

물론 적연의 검 역시 애꿎은 허공을 가를 따름이었다. 허난경은 재빠르게 몸을 옆으로 틈과 동시에 검을 들지 않은 왼손으로 적연의 옆구리를 후려쳐 왔다.

적연은 가볍게 몸을 숙이며 공격을 피해냈다. 허난경의 주먹이 적연의 옆구리 위를 스치고 지나갔다. 하지만 무언가 이상했다. 분명히 피했음에도 그녀의 주먹이 지나간 자리의 옷이 검에 베인 것처럼 찢어졌기 때문이다.

'여기는 개나 소나 내력이란 것을 남기는군.'

몇 번 당해봤지만 여전히 생소한 느낌이 드는 것은 어쩔 수 없었다.

'불쾌하군.'

적연은 입술을 으적 깨물며 기묘하게 몸을 틂과 동시에 허난경의 복부를 손바닥으로 때렸다.

"우욱!"

그 순간 허난경이 눈을 부릅뜨며 뒤로 세 걸음을 물러섰다.

배를 감싸쥔 것이 상당한 타격을 받은 것 같았다.

거리를 벌린 적연이 찢어진 옷 부위를 매만지다가 눈살을 찌푸렸다. 찢어진 옷 사이로 보이는 살이 벌겋게 변해 있었다.

은은한 통증이 느껴졌다.

으드득!

적연은 이빨을 으드득 갈며 살기를 뿜어냈다.

'이, 이건?'

허난경은 놀란 표정으로 적연을 바라보았다.

농도 짙은 순수한 살기였다. 자신처럼 갈무리되지 않은.

거칠기 짝이 없고 뿜어내기에 바빴지만 왜일까.

허난경은 거칠게 고개를 내저었다. 자신이 한순간이나마 압도당했다는 사실을 인정할 수 없었다.

적연은 검을 두 손으로 쥐며 대각선으로 올려 베었다.

가가각!

검끝이 땅을 긁다가 공중으로 튀어 올랐다. 허난경은 반사적으로 검을 들었다.

깡!

검과 검이 맞부딪쳤다고는 생각할 수 없는 커다란 소리와 함께 검을 들고 있던 허난경의 팔이 뒤로 젖혀졌다.

사사삭!

그 충격으로 인해 중심을 잃은 허난경이 뒤로 주춤거리며 물러서고는 재빨리 검을 곧추세웠다.

'이, 이런……'

적연의 강검을 받아낸 허난경의 검날이 나가 있었다.

좋지 않다.

후웅!

적연의 검이 다시금 허난경을 덮쳐 왔다. 허난경은 재빨리 검을 들어 막았다.

까강!

다시 한 번 큰 울림과 함께 허난경의 몸이 뒤로 젖혀졌다.

'크윽!'

몸이 통째로 뽑혀져 나가는 것 같은 충격이 전해졌지만 현재 중요한 문제는 그것이 아니었다.

"헉!"

수룡왕의 검이 더 이상 버티지 못하고 반으로 부러져 버렸다.

"제길!"

욕설이 절로 튀어나왔다.

엄청난 강검!

천하의 이름난 고수답게 허난경이 가진 검은 보통의 물건이 아니었다. 그럼에도 두 번을 견뎌내지 못했다.

'뭐, 이런 놈이?'

이런 생각밖에 들지 않았다.

당황스러웠다.

어느 정도 실력이 있는 놈이라 생각했지만 이 정도이리라고는 생각 못했다. 하지만 현실은 달랐다. 검은 반으로 부러지고 거듭된 강검에 뒤로 밀리기만 할 뿐이었다.

'대단해……'

진심으로 감탄했다. 다른 것이 아니라 이렇게 몰아붙일 수 있다는 사실을 말이다.

"이제는 갈 곳이 없군."

문득 적연이 검을 멈추고는 히죽 웃어 보였다. 허난경은 힐끗 고개를 돌려보았다. 어느새 그녀의 뒤로 강이 펼쳐져 있었다.

'이것 참.'

정신없이 밀리다 보니 여기까지 온 것이다.

히죽.

문득 허난경의 입가에 짙은 미소가 머금어졌다.

"기회군."

"뭐?"

적연은 의아한 표정으로 고개를 갸웃거렸다. 허난경은 천천히 뒷걸음질을 치며 말했다.

"진심으로 경의를 표하마. 하지만 그것도 이제는 끝이야."

그 순간 허난경이 물로 뛰어들었다.

풍덩!

"……!"

적연이 눈을 부릅떴다. 예상치 못한 전개였다.

"흥!"

그렇다고 포기할 생각은 없었다. 적연도 물로 뛰어들었다.

풍덩!

부글부글!

물속으로 뛰어들어 온 적연은 눈을 끔벅였다.

'이런.'

시야 확보가 어렵다. 물속에서 몸을 움직이는 것 역시 쉬운 일이 아니었다. 생각해 보니 대막에서 제대로 헤엄을 쳐봤을 리 만무했다.

적연은 필사적으로 발을 차고 물 위로 얼굴을 내밀었다.

"푸앗!"

거친 숨을 몰아쉬었지만 그것도 잠시, 다시금 몸이 물속으로 가라앉았다.

'나가야……'

그 순간 적연의 눈에 물살을 가르며 급격하게 적연을 향해 전진해 오는 허난경의 모습이 보였다.

첨벙! 첨벙!

적연은 필사적으로 수면 위로 몸을 내밀고 팔을 휘저었다. 물가로 가야 한다.

"억!"

그 순간 적연의 몸이 수면 아래로 쑥 빨려 들어갔다.

'으윽!'

적연은 눈을 부릅떴다. 허난경이 적연의 다리를 부여잡고 있었다. 이해가 되지 않았다.

허난경과는 오 장여가 떨어져 있었다. 겨우 숨 한두 번 내쉴 시간 만에 다가올 수 있는 거리가 아니다.

씨익.

허난경은 적연을 올려다보며 미소를 짓고 있었다. 마치 '이제 어떻게 할 거야?' 라는 표정이었다.

적연은 입술을 으적 깨물며 힘차게 발을 뿌리쳤다.

'물은 이 수룡왕의 세상이야.'

허난경의 몸은 떨어지지 않았다. 물의 저항으로 인해 아무리 용을 써봤자 느릿느릿하게만 느껴질 따름이었다.

부글!

적연이 꽉 다물고 있던 입을 벌렸다. 순간적으로 물이 목 안으로 타고 들어갔다.

'제길!'

재빨리 입을 다물었지만 점점 숨은 막혀오고 정신은 아득해졌다.

적연은 필사적으로 고개를 내저었다. 정신을 차려야 했다.

허난경이 노리는 바가 이것일 테니까.

'그렇지.'

적연의 눈이 번뜩였다. 자신의 팔에 차여져 있는 자그만 소검을 깨달았다. 지체할 겨를이 없었다.

적연은 재빨리 소검을 빼내 몸을 수그렸다.

'죽어라!'

허난경의 정수리에 검을 찍어눌렀다.

'어딜!'

허난경이 재빨리 몸을 빼냈고, 잠시나마 거리가 벌어졌다.

'이때다.'

첨벙!

수면 위로 몸을 솟구친 적연이 정신없이 참았던 숨을 들이마셨다.

"생각보다 잘 참는군."

수룡왕 허난경이 수면 위에 얼굴을 내민 채 여유로운 미소를 짓고 있었다.

적연의 얼굴이 굳어졌다.

"내가 왜 수룡왕인지 잘 생각해 봐."

"허억! 허억!"

적연은 숨을 헐떡이며 시야를 가린 앞머리를 뒤로 쓸어 넘겼다.

물속에서 허난경의 움직임은 경이로울 정도였다. 어떻게 그토록 빨리 움직일 수 있는 것일까.

"수공이란 건가?"

적연의 물음에 허난경이 가볍게 고개를 끄덕였다.

'여기서는 불리해.'

얼핏 들어본 적이 있다.

수공이라고 해서 무슨 절대의 무공 같은 것은 아니다. 하지만 물의 저항을 이용한 빠른 움직임과 호흡을 참는 것만으로도 그 어떤 상대든 압도할 수 있다.

그것이 수공이 가진 참된 무서움이다.

'나가자.'

물에서는 절대적으로 불리하다. 적연은 재빨리 물가를 향해 팔을 휘젓기 시작했다.

수영이라 봤자 녹주(오아시스)에서 목욕을 하는 수준에 불과했다. 서투를 수밖에 없었다.

"어딜!"

허난경이 필사적으로 팔을 휘젓는 적연을 바라보며 표정을 차갑게 굳혔다.

첨벙!

그녀의 상체가 물 아래쪽으로 쑥 들어갔다.

적연은 마음이 급해졌다. 물가까지의 거리는 아직 오 장여나 남아 있었다.

'제길!'

적연은 필사적으로 발을 찼다. 속도가 조금은 더 빨라졌다.

'옳지.'

첨벙!

또다시 들려오는 물 튀기는 소리는 적연의 뒤까지 접근해 있었다.

'제발!'

적연은 다급한 마음을 다잡다가 검으로 등 뒤를 찔렀다.

촤아악!

허난경이 뒤로 물러섰다. 그와 동시에 적연의 발끝에 모래가 끌렸다. 적연은 선 채로 수면 위로 얼굴을 내밀 수 있게 되었다.

'이것으로는 부족하다.'

최소한 상체까지는 제대로 움직일 수 있어야 대항할 수 있기 때문이다. 적연은 천근만근 무거워진 발을 끌며 걸어나갔다.

"후욱! 후욱!"

이것도 은근히 힘이 들었다. 더군다나 물에 젖은 옷이 피부에 달라붙어 기분까지 불쾌하기 그지없었다.

"흥!"

삼 장여 떨어진 수면 위로 허난경이 모습을 드러냈다. 여유롭게 물 위에 누운 모습이 적연의 신경을 거슬리게 했다.

"이리 나와."

"싫은데?"

허난경은 '내가 미쳤냐?'라는 표정으로 샐쭉 웃었다.

빠드득.

적연은 이빨을 으드득 갈다가 비도를 날렸다.

쐐애액!

수면 위를 아슬아슬하게 가르며 다가오는 비도에 허난경이 손바닥으로 수면을 내려쳤다.

푸악!

그녀의 바로 앞에서 물이 솟구치자 비도가 휩싸여 허공으로 치솟았다.

촤아악!

허난경은 떨어져 내리는 물방울을 맞으며 어깨를 으쓱했다.

"니가 들어……."

쑤욱! 퐁!

그 순간 허난경의 눈앞으로 치솟았던 비도가 쑥 떨어져 내려 물속으로 처박혔다.

"……."

물속으로 가라앉던 비도의 모습이 조금씩 희미해져 갔다.

허난경은 눈을 동그랗게 뜬 채 그 자리에 굳었다. 적연은 아깝다는 표정을 지으며 주위에 구르고 있는 돌멩이를 힘껏 발로 밀어 찼다.

피융! 하는 소리와 함께 돌멩이가 허난경을 향해 쏘아져 나갔다.

'윽!'

허난경은 물속으로 몸을 숨겼다가 얼굴을 내밀었다.

'응?'

무언가 이상함을 깨달았다. 자신의 머리 위가 어두웠기 때문이다. 허난경은 고개를 들었다.

후웅!

그녀의 머리 위로 떨어지고 있는 것은 널찍한 나무판자였다.

"우왓!"

허난경은 짧은 비명성을 지르며 재빠르게 뒤로 빠졌다.

첨벙!

물보라와 함께 나무판자가 수면 위로 떨어졌다. 그것이 끝이 아니었다.

"이, 이게 무슨!"

그 순간 허난경의 시야에 물가에서 잔뜩 몸을 움츠리고 있는 적연의 모습이 보였다.

탁탁탁!

적연은 잰걸음으로 조금씩 속도를 붙이다가 보폭을 크게 하기 시작했다.

탁! 탁! 탕!

적연은 모래를 박차며 몸을 훌쩍 날렸다.

허공을 가르며 날아온 적연이 나무판자 위에 내려앉았다.

첨벙!

나무판자가 무게로 인해 좌우로 격렬하게 요동쳤다. 적연은 양팔을 벌리며 중심을 잡았다.

"후우!"

나지막한 한숨 소리와 함께 적연이 검을 비껴들었다. 검끝이 향한 방향에는 허난경이 자리 잡고 있었다.

끔벅.

허난경은 잠시 눈을 끔벅이다가 표정을 싸늘하게 굳혔다.

도전해 오고 있다.

저따위 허접한 임시방편 따위로 말이다.

"원한다면!"

허난경은 크게 외치며 물속으로 잠수해 들어갔다. 마치 물고기가 꼬리지느러미를 흔들 듯 유연하게 몸을 틀며 적연이 서 있는 나무판자 쪽으로 다가갔다.

출렁!

적연은 그 순간에도 쉴 새 없이 요동치는 나무판자 위에 서서 균형을 잡기 위해 애쓰고 있었다.

생각했던 것보다 더욱 어려웠다. 계속 몸이 휘청거리니 제대로 공격을 할 수 있을지도 걱정이다.

도리어 공격을 당하지 않으면 다행이겠지만.

적연은 온통 신경을 집중한 채 사방을 살폈다.

힐끗!

그 순간 좌측의 수면 속에서 무언가 커다란 것이 다가오는 것을 보았다.

'녀석이다!'

본능적으로 느꼈고, 팔이 반사적으로 움직여졌다.

후웅!

적연의 검이 수면을 내리그었다.

파앙! 하는 소리와 함께 물보라가 양 갈래로 갈라졌다.

베이지는 않았다. 손에 느껴지는 감각은 살이 베어지는 것이 아닌 물의 저항뿐이었다.

덜컹!

그 순간 적연이 의지하고 있던 나무판자가 격렬히 요동쳤다. 인위적인 움직임이었다.

'흥!'

적연은 두 손으로 검자루를 집어 들며 나무판자를 찍어눌렀다. 순식간에 검신이 반으로 줄어들었다.

'걸렸다!'

처음 나무판자를 뚫을 때의 저항, 그리고 뒤이어진 무언가의 느낌이 손에 느껴졌다.

적연은 지체없이 나무판자에 박혀 있던 검을 뽑아 올렸다.

똑… 똑…….

검끝에 맺힌 물방울이 판자 바닥에 떨어졌다.

물에 희석되었지만 불그스름한 빛을 띠는 물방울은 분명 피다. 그를 증명하듯 나무판자 주위로 검붉은 핏물이 스멀스멀 퍼지고 있었다.

치명상일까?

그렇지는 않다. 박히는 느낌이 얕았다.

어느새 검붉은 길이 적연이 서 있던 곳에서 오 장여 전방까지 이어졌다. 예상이 맞다면 허난경은 저곳에 있을 것이다.

적연은 인내를 가지고 기다려 보기로 했다. 수공의 고수라 지만 사람인 이상 숨을 안 쉴 수 없을 것이다.

수면 바깥으로 얼굴을 내미는 순간이 적연이 노리는 바였다.

뒤적뒤적.

품을 뒤져 보았다. 공격에 필요한 비도가 필요했다.

'제길.'

개똥도 약에 쓰려니 없다더니 비도가 없었다. 수중에 남아 있는 무기라고는 손에 쥐고 있는 한 자루의 검과,

'아!'

적연이 허리춤을 손으로 매만져 보았다.

사슬 낫은 그대로 남아 있었다. 펼쳤을 때의 총 길이는 오장(15미터).

닿을 수 있는 거리이기만을 바랄 뿐이었다.

'이제 남은 것은 인내심의 싸움이다.'

적연의 눈이 가늘어졌다. 그렇게 일다경 정도의 시간이 지났을까.

투악!

전방 삼 장 앞으로 물보라가 튀며 무언가가 튀어 올랐다.

"타앗!"

적연은 지체없이 사슬 낫을 날렸다.

촤르륵!

쇠사슬이 날아가는 소리와 함께 허난경이라 확신한 그 무엇

을 그대로 베었다.

첨벙! 첨벙!

단번에 두 동강이 나 떨어지는 모습을 본 적연이 미소를 짓다가 눈을 부릅떴다.

'어?'

허난경이 아니었다. 물 위에 둥둥 뜬 것은 두 동강 난 잉어였다.

"제길!"

욕설이 터져 나왔다.

"바보."

그와 동시에 등 뒤에서 나지막한, 그러면서도 찐득찐득한 살기를 머금은 목소리가 들려왔다.

'앗차!'

적연은 재빠르게 몸을 돌렸지만 나무판자가 기운 것을 막을 수는 없었다.

첨벙!

적연의 몸이 물속으로 처박혔다.

부글부글!

'빌어먹을!'

당황스럽기는 했지만 이미 벌어진 일이었다.

허난경이 물속을 가르며 급격히 거리를 좁혀왔다. 적연이 정신을 차릴 시간조차 주기 아까운 것이다.

허난경의 양손에는 소검이 쥐어져 있었고, 어깻죽지에는 대강 동여맨 헝겊이 보였다.

'빠르다!'

어떻게 저렇게 빠를 수가 있는가.

적연은 푸념을 토해내는 한편 검을 휘둘렀다.

후우우웅!

물속의 저항에 밀린 검이 천천히 수평으로 휘둘러졌다.

'흥!'

허난경은 당연하다는 듯이 허리를 틀며 적연의 공격을 피해 낸 뒤 달려들었다.

스각!

'으윽!'

적연의 인상이 와락 일그러졌다. 허난경의 소검이 적연의 옆구리를 스치며 지나갔기 때문이다.

'윽!'

옆구리 쪽에서 피가 스멀스멀 흘러나왔다. 문제는 왜 스치고만 지나갔느냐는 것이다.

허난경의 실력이라면 충분히 치명상을 입힐 수도 있었다.

'크윽! 날 가지고 놀고 있어.'

노기가 치밀어 올랐지만 몸이 따라주질 않는다. 물속에서의 적연의 움직임은 허난경에게 아무런 위협이 되질 못했다.

그때 허난경이 손바닥을 쭉 펴며 물을 밀었다.

퉁! 하는 소리와 함께 물이 소용돌이치며 뻗어와 적연의 가슴팍을 후려쳤다.

‘억!’

부글부글!

내부가 진탕된 듯한 느낌에 적연의 입이 벌어졌다.

또 물을 먹을 수는 없다. 폐에 물이 차면 끝이다.

적연은 재빨리 입을 다물며 물 위로 몸을 솟구쳐 참았던 숨을 쉬었다. 그것도 잠시, 다시금 허난경이 발을 붙잡고 아래로 끌어 내렸다.

“이런, 제기랄!”

뿌득! 뿌득!

순간 적연의 양팔의 근육이 부풀어 올랐다. 힘줄이 터질 듯 팽창했다.

파아앙!

꽉 쥐어진 적연의 양 주먹이 수면을 내려쳤다.

뻥! 하는 소리와 함께 수면이 움푹 파였다.

허난경이 손을 놓쳤다. 적연은 그때를 놓치지 않고 발을 놀려 물가로 뛰어나왔다.

“우웩!”

적연은 먹었던 물을 토해내고는 숨을 헐떡이며 강을 바라보았다.

“……?”

어떻게 여기까지 단박에 뛰쳐나올 수 있었던 걸까? 적연이 있던 자리에서 이곳까지는 십여 장이나 떨어져 있었다.

문득 든 의문이었다.

"너……."

의문에 빠질 새도 없이 물 위로 모습을 드러낸 허난경이 창백한 얼굴로 놀랍다는 표정을 짓고 있었다.

적연은 검을 곧추세우며 경계 자세를 취했다.

"우웩!"

순간 허난경의 눈이 돌아가더니 피를 토해내며 꼬꾸라졌다.

둥실.

허난경의 몸이 물 위로 떴다. 적연은 그 모습을 바라보다가 조심스럽게 물 안쪽으로 걸어 들어갔다.

어느새 적연의 목 언저리까지 물이 차 올라올 정도로 수심이 깊어졌으나 허난경은 미동조차 하지 않았다.

적연은 어설프게나마 헤엄을 쳐 허난경에게 다가가 그녀의 몸을 뒤집어보았다.

꿀럭꿀럭!

허난경의 입에서 검붉은 피가 끊이지 않고 흘러나왔다. 적연은 눈을 차갑게 흘기며 검을 치켜들었다.

명을 받은 대로 그녀의 목숨을 취할 심산이었다. 그때 허난경이 힘겹게 눈을 뜨며 말문을 열었다.

"네, 네가… 어떻게 적가의 무공을……."

적연의 눈이 동그랗게 떠졌다.

처음의 장소로 돌아가자 둘을 맞은 것은 제갈여진과 임무를 마치고 먼저 돌아온 해월령이었다. 둘에 이어 피칠갑을 한 임지령이 돌아왔다.

"아……!"

해월령은 탄성을 터뜨리며 적연과 임지령을 바라보다가 미소를 지었다. 그리고 덥석 둘의 손을 붙잡았다.

"둘 다 살아 있는 것 맞지요?"

"아… 그렇소."

임지령은 멍한 표정으로 고개를 끄덕였다.

해월령은 적연에게 시선을 돌리며 미소를 지었다.

"살아 돌아와 줘서 고마워요."

적연은 가볍게 어깨를 으쓱할 따름이었다.

"그것보다… 성공했나요?"

뒤적.

적연은 품 안으로 손을 넣었다가 뺐다.

기다란 검은 머리카락과 그 중앙에 달려 있는 황금색 머리장식이 보였다. 또한 검신이 반으로 잘린 검자루를 들어 보였다.

"아악!"

그 순간 포박되어 있던 지여선이 비명을 질렀다. 얼굴에는 동요하는 빛이 노골적으로 드러났다. 무인에게 있어 검은 생명 같은 것이다. 머리카락 역시 그렇다. 부모가 물려준 육신의 일부분이 잘린 것은 바로 죽음을 의미하는 것이다.

그 의미를 모를 리 없는 해월령이 고개를 끄덕이며 물었다.

"이것이?"

"수룡왕의 것이오."

"성공했군요?"

적연이 고개를 끄덕였다. 해월령은 아쉽다는 표정으로 중얼거렸다.

"수급 같은 거면 좋았을 텐데."

"가져가 봤자 알아볼 수도 없는 상태거든."

해월령은 고개를 끄덕였다. 그렇다면 어쩔 수 없는 일이다.

"임무는 완수되었군요."

해월령의 얼굴에 환한 미소가 지어졌다. 그러나 적연이 가볍게 고개를 내저었다.

"왜요?"

"아직은 아니오."

"아!"

해월령은 곧바로 적연의 말뜻을 깨달을 수 있었다. 한 사람이 빠져 있음을 깨달았기 때문이다.

적연의 시선이 나무에 묶여 있는 지여선에게 옮겨졌다. 그녀는 독한 눈빛으로 적연을 잡아먹을 듯 노려보고 있었다.

"어디 있나?"

"용서치 않겠다!"

반쯤 정신이 나간 지여선에게 적연의 물음이 들릴 리가 없었다. 그녀는 피를 토하듯 절규했다.

적연은 어깨를 으쓱했다. 확실히 수룡왕과는 군신을 넘어선 관계였나 보다. 그렇지 않고서야 이토록 동요할 리가 없다.

적연은 지여선의 멱살을 틀어쥐었다.

"껵! 꺼억!"

숨이 막힌 지여선이 거북한 소리를 내며 고통스러운 표정을 지었다.

"어디 있나?"

"마, 말해줄 것 같아……?"

힘겨운 말에 적연은 가볍게 한숨을 내쉬었다. 보아하니 말해줄 것 같지 않다.

'어쩔 수 없군.'

적연은 지여선의 귀에만 들릴 정도로 조그맣게 말했다.

"수룡왕은 살아 있다."

"……!"

순간 지여선의 눈이 동그랗게 떠졌다. 적연은 의미심장한 표정을 지으며 자그맣게 고개를 끄덕였다.

"어디 있지?"

끼기긱!

커다란 석실 문이 열리자 미친개가 인상을 찡그렸다.

'지독한 놈들!'

또다시 고문하러 왔음이 분명하다고 생각하며 마음을 다잡았다. 하지만 뭘까.

문 앞에 선 사내의 모습이 낯익다. 미친개의 표정이 환해졌다.

"형님!"

적연은 어깨를 으쓱하며 다가왔다.

"칠칠맞게시리."

"아하하!"

괜히 머쓱해진 미친개가 어색하게 웃었다. 적연이 미친개를 풀어주며 말문을 열었다.

"다친 곳은?"

"무진장 아파요."

미친개는 짐짓 죽는다는 표정을 지었다. 적연은 혀를 끌끌 찼다.

"돌아가면 할 일이 있다."

"예? 예."

자못 심각한 표정을 짓고 있는 적연의 모습에 미친개는 고개를 끄덕였다.

第十二章

일월궁주

龍
劍風

해월천은 눈앞에 놓여 있는 머리카락과 황금색 머리장식, 그리고 검을 바라보다가 고개를 들었다.

해월령은 팔짱을 낀 채 해월천의 맞은편에 앉아 있었다.

이윽고 해월천의 옆에 서 있던 사내가 검을 이리저리 살피다가 고개를 끄덕였다.

"수룡왕의 것이 확실합니다."

"으음."

해월천이 침음성을 흘렸다. 무인에게 있어서 검은 목숨과도 같은 것이다.

머리카락 역시 마찬가지다.

"됐지?"

해월령은 가뿐하다는 표정으로 몸을 일으켰다.

"그리고……."

"……?"

"수룡왕 쪽에서는 이미 우리들에 대해서 알고 있더군."

"…그런가?"

해월령은 고개를 끄덕였다.

"아무래도 정보가 샌 거겠지. 누군지는 모르겠지만."

뚜벅뚜벅.

그 말을 끝으로 해월령이 몸을 돌려 걸어나갔다. 그녀의 모습이 완전히 사라졌을 때쯤 해월천이 주먹으로 탁자를 내려쳤다.

처소로 돌아왔을 때 적연이 나무에 기댄 채 서 있었다.

해월령은 미소를 지으며 적연에게 다가갔다.

"보고는?"

"뭐, 잘 끝났죠."

적연은 고개를 끄덕였다.

"그녀에 대한 것은 보고하지 않았어요."

"잘했소."

지여선을 이르는 말이었다. 해월령은 이해가 되지 않는다는 표정으로 적연을 바라보았다.

"하지만 왜지요?"

"알 것 없소."

계속해서 이런 식이다. 해월령은 한숨을 내쉬었다. 일단 그의 말대로 하기는 했지만 궁금한 것은 어찌할 수가 없었다.

"때가 되면 알려주는 건가요?"

"봐서."

"쳇."

해월령은 볼을 부풀렸다.

"부드럽게 말 좀 해봐요. 냉기나 풀풀 풍기고."

대답은 돌아오지 않는다. 해월령은 표정을 풀며 히죽 웃고는 적연을 지나쳐 처소도 돌아갔다.

적연 역시 그 모습을 보다가 자신의 방으로 돌아왔다.

끼익.

방문이 열리자 적연을 맞이한 것은 의자에 앉아 연신 얼굴에 화장을 하고 있는 지여선이었다.

"아, 왔어요?"

"흐음."

적연은 침음성을 흘리며 눈가를 찡그렸다.

"이곳에 와 있었나?"

고개를 끄덕이는 와중에도 화장하는 손길은 멈추지 않았다.

"갈 데가 없잖아요."

"형님을 괴롭히지 마."

때마침 문이 열리며 미친개가 방 안으로 들어왔다.

"왔나?"

"예."

미친개는 고개를 꾸벅 숙이며 인사를 하더니 지여선을 힐끗 째려보았다. 아무래도 예전의 앙금이 남아 있는 모양이다.

"왜 참견이야?"

지여선 역시 새치름한 표정으로 미친개를 마주 노려보았다.

그 모습을 바라보던 적연이 가볍게 한숨을 내쉬며 의자에 앉았다. 지여선은 방긋 미소를 지으며 다기(茶器)를 내왔다.

"차 드세요."

쪼르륵.

찻잔에 차가 차 올라왔다.

"나도."

미친개의 말에 지여선이 눈을 찌릿하며 고개를 홱 돌렸다.

"따라 마셔."

"재수없어."

"뭐라고 했지?"

지여선이 잡아먹을 듯한 눈빛으로 미친개를 바라보았다. 더 이상 안 되겠다고 생각한 적연이 화제를 돌렸다.

"좀 알아봤나?"

"아, 예."

미친개가 자못 심각한 표정으로 전환하며 말문을 열었다. 둘 사이의 분위기가 심상치 않음을 느꼈는지 지여선도 옆에 다소곳하게 앉아 귀를 기울였다.

"몇 명 의심되는 사람들을 중심으로 알아보기는 했습니다."

"그래서?"

"그중에는 해월천도 껴 있습니다."

적연이 턱가를 매만졌다.

'이복동생이라고 했던가?'

확실히 그런 소리를 들은 것 같다. 그리고 둘 사이의 관계가 그리 좋지 않음도 알고 있었다.

하지만 '왜'란 의문이 먼저 들었다.

이복동생이라고는 하나 가족이 아닌가.

"해월령은 해월가의 여식입니다."

"해월가?"

"무림맹을 이루는 가신 가문 중 한곳이지요."

"그렇군."

확실히 범상치 않은 집안의 여식이라고는 예상했었다. 하는 행동을 보면 전혀 그렇지가 않지만.

"그것과 무슨 상관이지?"

"해월가는 꽤나 특이한 전통을 가지고 있더군요."

"특이한 전통?"

"보통의 가문이라면 여자보다는 남자에게 그 뒤를 잇게 합니다만 해월가는 다릅니다. 성별을 불문하고 철저히 능력제지요."

"흐음……."

적연은 고개를 끄덕였다. 제갈여진 같은 경우에야 집안에 아들이 없으니 그런 것이었다.

"전통적으로 자식이 둘 이상일 경우에는 시험을 치른다고 하더군요."

"그것이 지금의?"

미친개는 고개를 끄덕였다.

"둘 다 무림맹에 들어왔는데, 지금까지는 해월천의 지위가 더 높지요. 제가 조사한 바에 의하면 해월천이 해월령을 무척이나 경계하고 있답니다."

"흐음."

"여기서 중요한 점이 해월령의 별명이지요."

"사신?"

미친개는 히죽 웃으며 말문을 열었다.

"예. 그녀와 함께하면 여지없이 죽는다는 소문. 아마도 그 때문에 그동안 상당히 고립된 모양입니다. 그러다 보니 어느새 둘의 지위도 벌어졌고."

미친개는 눈가를 빛냈다.

"뭔가 냄새가 나지 않습니까?"

"이미 무림맹에서도 그에 관해 조사를 해봤다고 하던데."

"맞습니다. 아무런 증거가 없었지요. 하지만 지나치게 깨끗합니다. 제 개인적인 생각일지는 모르겠지만 그 점이 마음에 걸려요."

적연은 가볍게 고개를 끄덕였다. 세상에 털어서 먼지 안 나는 사람은 없다.

"그렇다면?"

"일단은 해월천을 한번 파고들어 볼 생각입니다."

"그래."

"그런데요, 형님."

"음?"

미친개가 머리를 긁적였다.

"그녀의 일에 왜 이렇게 열심이시죠?"

이렇게까지 할 이유는 없다고 생각했다. 적연은 가볍게 어깨를 으쓱했다.

"계약이니까."

무난한 대답이었지만 미친개의 반응은 여전히 미심쩍어하는 눈치였다.

똑똑.

그때 문밖에서 누군가가 방문을 두들겼다.

"들어와라."

끼이익.

이윽고 문이 열리자 한 여인이 서 있었다.

적연은 고개를 갸웃거리다가 여인의 모습이 낯익다는 사실을 깨달았다. 기억을 더듬은 지 오래지 않아 생각해 낼 수 있었다.

해월천의 옆에서 시중을 들던 여인이다.

"뭐지?"

"기주께서 대인을 만나뵙고자 하십니다."

해월천을 말하는 것이었다.

미친개와 지여선은 떨떠름한 표정으로 적연을 바라보았다.

방금 전까지 그에 대해 말하고 있었기 때문이리라.

적연은 고개를 끄덕이며 몸을 일으켰다. 딱히 거절할 이유가 없었다.

"다녀오세요."

지여선이 적연의 뒷모습을 바라보며 인사를 올렸다. 이윽고 문이 닫히기가 무섭게 한숨을 내쉬었다.

미친개가 지여선의 어깨를 툭 쳤다.

"이봐."

"뭐야?"

지여선이 짜증스러운 표정으로 몸을 돌렸다. 그녀의 눈앞에 있는 것은 커다란 대나무 빗자루였다.

"이게 뭐야?"

미친개가 히죽 웃었다.

"난 시종, 넌 시비."

"뭐?"

"어서 쓸어."

"……"

지여선이 멍한 표정을 지었다.

"어서 오게."

저번과 마찬가지로 전각에 앉아 있던 해월천이 적연을 맞이했다.

"무슨 일이지?"

해월천은 턱을 괴며 적연을 바라보았다.

"차를 내왔습니다."

그리고 때마침 시비가 차를 내왔다. 적연은 가볍게 손을 내저었다.

"방금 전에 마셨어."

"좋은 차건만."

해월천은 아쉽다는 표정을 짓더니 잔을 들고 차를 한 모금 마셨다.

"어째서 보자고 한 건가?"

"성격이 급한 친구군."

해월천은 피식 미소를 지었다.

"듣자 하니 이번에 자네가 큰 공을 세웠다고 들어서."

적연은 눈살을 찌푸렸다.

"치하라도 할 셈인가?"

"입이 거친 것은 여전하군."

해월천은 히죽 미소를 지었다.

"자네가 그렇게 말하니 단도직입적으로 말하도록 하지. 우리 파검소는 동서남북 네 개로 이루어져 있네."

적연은 가볍게 고개를 끄덕였다. 해월령의 경우에는 남쪽을 의미하는 남오장이었다.

해월천은 빙그레 웃었다.

"이번에 그 중앙 조직을 하나 확충할까 하는데……."

"날 쓰겠다?"

"말귀를 잘 알아듣는 친구군. 마음에 들어."

해월천의 입가에 짙은 미소가 머금어졌다. 적연이 턱을 매만지다가 물었다.

"그럴 만한 권한이 있소?"

"기주니까."

"이제 무림맹에서 첫 임무를 끝냈을 뿐인 나를?"

"난 능력을 가장 우선시 보네."

"확실히 끌리는 제안이기는 하군."

적연은 히죽 미소를 지었다. 하지만 겉으로 드러난 표정이었을 따름이다. 가슴은 차갑게 유지하며 해월천의 얼굴을 가만히 뜯어보았다.

해월천의 얼굴에 아주 짧은 순간이지만 의미심장한 미소가 스치고 지나갔다. 적연이 끌리는 제안이라고 말한 때였다.

'날 포섭하겠다는 뜻인가?'

적연은 눈을 가늘게 하며 손을 뻗어 찻잔을 들었다.

찰랑.

찻물이 찰랑거리더니 탁자 위에 한 방울이 튀었다. 적연은 의식도 하지 못한 채 입가에 찻잔을 가져갔다.

"탁자가 젖었군."

"음?"

적연이 고개를 갸웃거렸다. 해월천의 표정이 딱딱하게 굳어졌다.

"탁자가 젖었다고."

시비가 재빨리 다가와 탁자 위를 닦았다.

"후, 후우우."

해월천이 진정된 표정으로 숨을 고르더니 자신의 옷매무새를 가다듬었다.

"우리가 어디까지 이야기했지?"

"새로 창설하는 곳에 날 올리겠다고."

"그래, 어떻게 생각하지?"

"지금 당장은 대답하기가 그런데……."

"그런가?"

아쉬운 눈빛이다.

적연은 가볍게 몸을 일으켰다.

"생각을 좀 해보고 말해주지. 그럼 이만."

뚜벅뚜벅.

"잘 생각해 보는 것이 좋아."

해월천은 못내 아쉬운 어조로 말했다. 적연은 한 치의 흔들림도 없이 똑같은 걸음으로 멀어져 갔다.

"후우."

해월천은 한숨을 내쉬다가 한쪽을 바라보며 물었다.

"어떻게 생각하나?"

스윽.

"글쎄요."

시비는 해월천의 빈 찻잔에 차를 따라주었다.

"저는 저 사내가 마음에 들지 않습니다."

그녀의 눈이 가늘어졌다. 해월천은 별것 아니라는 표정으로 말문을 열었다.

"여차하면 없애 버리는 것도 좋겠지."

의미심장한 대화가 오가는 것도 모른 채 적연은 빠른 걸음으로 걸어오며 생각했다.

"이상해."

강박적인 반응.

기억을 더듬어보니 그런 반응을 또 한 번 본 적이 있었다. 처음 만났을 때에도 그랬다.

쓸모없는 서신 한 장을 굳이 보관하겠다고 말하던 모습.

"조사해 볼 필요가 있겠군."

아무리 사소한 것일지라도 말이다. 그것이 조사에 있어서 기본이다.

처소 앞에서 해월령이 적연을 기다리고 있었다.

"천아가 불렀다면서요?"

적연이 고개를 끄덕였다. 해월령은 조심스러운 표정으로 적연을 바라보다가 물었다.

"무슨 일 있었어요?"

"쓸데없이 눈치 보지 말고 물어보시오."

"눈치 보는 것 같았어요?"

적연은 한숨을 내쉬었다. 해월령은 한결 편해진 얼굴로 적연의 옆으로 은근히 다가섰다.

"뭐라고 하던가요?"

"나보고 새 자리 마련해 준다고 하더군."

순간 해월령의 얼굴이 딱딱하게 굳어졌다.

"당신 밑에 있기에는 실력이 아깝다면서."

"…그래서 뭐라고 대답했는데요?"

적연은 어깨를 으쓱했다. 알아서 생각해 보라는 몸짓이었다.

해월령은 피식 웃었다.

"그럴 줄 알았어요."

"음?"

"일고의 가치도 없다는 듯 거절했겠지요."

적연은 어깨를 으쓱했다.

"그렇지는 않소만."

"아앗!"

해월령이 놀란 외침을 토해냈다.

"그럼 나와의 계약은요?"

"앞서 가지 마시오."

"에?"

"수락한 것은 아니니까."

"후우."

해월령은 안도의 한숨을 내쉬었다. '그러면 그렇지' 라는 표정이 적연으로 하여금 혀를 끌끌 차게 만들었다.

적연은 해월령에게 해월천에 관해 물어봤다.

"그것보다, 당신 동생 말이오. 무언가 강박증 같은 것이라도 있소?"

"예?"

적연은 해월령에게 해월천의 이야기를 해주었다.

해월령이 고개를 끄덕였다.

"어려서부터 그런 것이 있기는 했어요. 결벽증에다가 자신에게 들어온 것이면 무조건 보관하는 버릇이 있지요. 아무리 사소한 것이라도요."

"과연……."

해월령이 고개를 갸웃거렸다.

"예?"

"그렇군. 난 이만."

"에? 벌써 가요?"

적연은 고개를 끄덕이며 해월령을 뒤로하고 방으로 들어왔다.

"이봐."

"예, 형님."

미친개가 모습을 드러냈다.

"아까 그 말 들었지?"

"예?"

"해월천에 관한 것."

"아… 예."

미친개는 이해했다는 표정을 지었다.

"잘하면 증거물을 가지고 있을 수도 있겠군요."

그 후로 며칠간은 별일없이 잘 지냈다.

물론 며칠뿐이었지만.

"에? 말도 안 돼!"

제갈여진이 불만 어린 표정을 지었다. 말하고 있는 해월령 역시 마찬가지였다.

"나도 이해가 되지 않기는 마찬가지야."

수룡왕과의 일을 마치고 돌아온 지 얼마 지나지 않았고 여독도 채 풀리지 않은 상태에서 내려온 임무였기 때문이다.

"그렇지만 어쩌겠어?"

"네 동생한테 가서 뭐라고 좀 해봐."

제갈여진의 말에 해월령은 한숨을 내쉬었다.

"말이야 해봤지."

"씨알도 먹히지 않았군."

"정확히 말하자면 맹주님께서 직접 내리신 명이래."

"그렇다면 어쩔 수 없군."

팔짱을 끼고 있던 임지령이 중얼거렸다. 해월령은 힘없는 표정으로 고개를 떨궜다.

"임무가 뭐요?"

적연의 물음에 해월령이 떨떠름한 표정으로 말문을 열었다.

"일월궁에 다녀오라던데요."

적연은 고개를 갸웃거렸다.

"일월궁?"

적연에게는 생소한 이름이었지만 다른 이들에게는 그렇지가 못했다.

"일월궁? 미친 거 아니야?"

제갈여진이 발악적으로 고개를 내저었다. 임지령 역시 얼굴이 딱딱하게 굳어졌다.

"일월궁이라면?"

"아!"

해월령은 적연이 무림 정세에 어두움을 깨닫고는 말문을 열었다.

"일월궁과 정파무림은 원수지간이에요."

"사도겠군."

"사도라기보다는 흑도에 가까워요."

이름만 번지르르할 뿐 무림맹의 입장에서 보기에는 인간 쓰레기들의 집합소나 마찬가지였다.

"일월궁에는 왜?"

제갈여진의 물음은 당연한 것이었다. 서로 간에 으르렁거리는 사이가 아니던가. 볼 이유가 없었다.

"다행히 이번 임무는 암살 같은 것은 아니야. 무언가를 전달하라던데, 뭔지는 모르겠어."

"으음……."

제갈여진은 침음성을 흘렸다. 적연은 팔짱을 끼며 물었다.

"일월궁이란 곳은 어디에 있소?"

"그리 멀지는 않아요. 악양."

악양이라면 들어본 적이 있다.

강남의 삼대누각 중 한곳인 악양루가 자리 잡은 곳이다.

"그래, 언제 떠날 거요?"

"모두 반 시진 내로 짐 챙겨서 모여요."

"너무 급해."

"명령이야."

제갈여진과 임지령은 노골적으로 불만스러운 표정을 지었지만 이내 어깨를 축 늘어뜨리며 각자의 처소로 돌아갔다. 그것은 해월령 역시 마찬가지였다.

적연만이 가만히 서 있을 뿐이었다.

"형님."

그때 옆에서 비질을 하던 미친개가 다가왔다.

"음?"

"거기 엄청 살벌한 곳이에요."

"그런가?"

"일월궁주의 무위가 거의 여기 맹주 아저씨랑 비스름하다던데요?"

적연은 히죽 미소를 지었다.

"이번에는 따라오지 않을 건가?"

"형님이 지시한 일로도 바빠요. 조금만 더 파고들면 뭔가 나올 것 같거든요."

적연은 고개를 끄덕이며 말했다.

"일단 일월궁에 대해 아는 대로 말해봐."

"그건 제가 말씀드릴게요."

화단 정리용 가위를 든 지여선이 다가왔다.

처음에는 떽떽거리더니 체념한 듯 요 며칠 고분고분했다.

"일월궁은 배화교에서 쫓겨난 이들이 만든 문파예요."

"마교를 말하는 건가?"

"정파 사람들은 그렇게 부르지요."

"쫓겨나다?"

"간단하게 말하자면 권력 싸움에서 밀려났거든요."

적연은 고개를 끄덕였다. 어느 무리라도 권력에 대한 다툼은 있다.

"배화교를 도모할 정도였으니 그 힘은 상당해요. 특히 일월궁주 백한로의 무공은 무림에서도 다섯 명 안에 들어갈 정도로 강하지요."

"호오, 수룡왕과 비교하자면?"

갑자기 수룡왕을 들먹여서였을까. 지여선의 표정이 싸늘하게 굳어졌다.

"분하지만 일월궁주에게는 미치지 못해요."

적연은 고개를 끄덕였다.

확실히 수룡왕의 경우는 궁귀 조형에 비해서도 조금 못 미치는 감이 있었다.

'또한……'

"네, 네가 어떻게 적가의 무공을……."

적연은 가만히 자신의 두 손을 들어보았다. 그때 어떻게 물속에 있던 수룡왕에게 타격을 입힐 수 있었는지는 아직도 이해가 되질 않았다. 경황이 없었다.

하지만 한 가지 확실한 것은 본능적으로 무공을 펼쳤다는 것이다.

그것도 중원 놈들이 소위 말하는 내력을 담아서.

*　　　　*　　　　*

악양의 서문 성루에 위치한 악양루는 무한의 황학루, 남창 등왕각과 더불어 강남삼대누각 중 하나다.

"여기가 그 유명한 악양루예요."

해월령은 가볍게 흥분된 어조로 말했다. 적연은 고개를 끄덕이며 누각을 바라보았다. 삼층으로 된 악양루는 층마다 황금색 띠를 두르고 있었다.

"못을 하나도 쓰지 않고 지었대요."

적연의 눈이 동그랗게 떠졌다. 그럴 수가 있느냐는 뜻이었다.

해월령이 살포시 웃었다.

"그러니까 걸작이라고 하는 거예요. 들어가 보지요."

적연은 고개를 끄덕이며 해월령의 뒤를 따라 누각으로 들어가 이층으로 올라갔다.

"와아!"

해월령이 감탄성을 터뜨렸다. 동정호의 전경이 한눈에 들어왔다.

"멋지군."

적연은 나지막이 중얼거리며 고개를 끄덕였다.

"어때요?"

흠칫.

해월령의 물음에 대수롭지 않다는 투로 대답하려던 적연이 뒤로 한 걸음 물러났다.

해월령이 적연의 지척까지 얼굴을 들이민 채 배시시 웃고 있었기 때문이다.

"놀랐어요?"

생글생글 눈웃음을 치는 해월령의 입가에 장난스런 미소가 머금어져 있었다. 적연은 짐짓 아무렇지도 않다는 표정을 지으며 헛기침을 내뱉었다.

"흠흠."

"안 놀랐어요?"

"별로."

"치, 재미없어."

기대했던 대답이 안 나온 탓인지 해월령은 뽀로통한 표정을 지었다. 하지만 그것도 잠시, 그녀는 난간에 몸을 기대며 동정호를 내려다보았다.

사르르.

이윽고 상쾌한 강바람이 불자 해월령의 머리카락이 흩날렸다.

"……."

적연은 그 모습을 가만히 바라보고 있었다.

"저거, 보여요?"

문득 해월령이 동정호 안에 떠 있는 섬을 가리켰다.

"왠지 은쟁반 위에 놓인 푸른 조개 같지 않아요?"

"은쟁반?"

"아! 황톳빛이구나."

동정호의 물은 황톳빛이었다.

그것은 중원의 강이라면 대개가 마찬가지였다.

해월령은 괜히 머쓱해져서 머리를 긁적이다가 황급히 화제를 다른 곳으로 돌렸다.

"하여튼 간에 저 섬 이름이 군산인데요, 저곳이 은침차의 산지예요."

적연은 고개를 끄덕였다. 은침차라면 한번 들어본 적이 있다.

은침차는 군산에서 생산되는 차로 예전부터 황제에게 진상되는 귀한 물건이었는데, 하얀색으로 된 차가 마치 은빛 바늘 같다고 하여 붙여졌다.

"뜨거운 물에 들어간 찻잎이 바늘처럼 빳빳하게 서 있다가

가라앉는데요."

해월령은 어깨를 으쓱했다.

"워낙에 희귀한 물건이라 저도 실제로 본 적은 없어요."

적연은 가볍게 고개를 끄덕이며 동정호를 바라보다가 해월령을 바라보며 입을 열었다.

"알았으니 이만 갑시다."

흠칫!

순간 해월령이 어깨를 한차례 부르르 떨었다. 그것은 조금 떨어진 곳에서 경치를 바라보던 임지령과 제갈여진도 마찬가지였다.

적연은 고개를 갸웃거렸다.

"왜 그러오?"

"하하… 아직 악양의 경치를 제대로……."

"일월궁에 가기가 그렇게 싫소?"

적연의 물음에 해월령이 고개를 푹 떨궜다. 하지만 그것도 잠시, 고개를 쳐들더니 억울하다는 표정으로 외쳤다.

"날 뭘로 보고 그런 소리를 해요?"

적연이 오자고 한 것도 아니었다. 일방적으로 끌려왔을 뿐이다.

"싫소?"

적연도 적연 나름대로 끈질겼다. 결국 해월령이 시무룩한 표정을 지으며 실토했다.

"시, 싫어요."

그제야 실토를 한다. 적연은 고개를 저었다.

"갑시다."

"…예."

해월령은 어깨를 축 늘어뜨리며 적연의 뒤를 따랐다.

"하아."

"헤유."

제갈여진과 임지령은 각기 시름 어린 한숨을 내쉬며 무거워진 발걸음을 옮겼다.

일월궁은 악양을 벗어나 남쪽으로 이십 리 정도 떨어진 곳에 자리 잡고 있었다.

"그건 그렇고, 내용이 뭘까?"

문득 옆에서 걷던 제갈여진이 해월령의 혁낭 안을 가리키며 물었다.

해월령은 등에 메어져 있는 혁낭을 추스렸다.

해월천에게 받은 것은 사람 팔뚝만 한 길이의 비단 꾸러미였다. 죽간을 싼 것이 분명하리라.

"궁금해라."

"펴볼 생각일랑 하지도 마시오."

"그럴 생각 없었어요 뭐."

임지령의 말에 해월령이 입술을 삐죽 내밀었다.

"아! 저기 보여요."

그때 제갈여진이 한쪽을 가리켰다.

저 멀리 커다란 성벽이 보였다. 그 위로 몇몇 건물 지붕이 삐죽 솟구친 채 그 위용을 드러내고 있었다.

일월궁이었다.

꿀꺽.

제갈여진이 침을 꿀꺽 삼켰다. 긴장한 기색이 얼굴에 역력히 드러났다. 해월령이 제갈여진의 어깨를 가볍게 두들겨 주었다.

"괜찮을 거야."

"그, 그렇겠지?"

해월령은 가볍게 고개를 끄덕여 주며 일월궁을 향한 발걸음에 속도를 붙였다.

"뭐 해, 어서 안 오고?"

한동안 멍하니 그 자리에 서 있던 제갈여진은 해월령의 부름에 정신을 차렸다.

어느새 세 명과의 거리가 조금 벌어져 있었다.

"가, 같이 가요."

제갈여진이 잰걸음으로 내달렸다.

이내 성문에 도달했을 무렵, 성벽 위에서 근무를 하던 위사가 아래쪽을 향해 물어왔다.

"어디서 온 자들인가?"

해월령은 숨을 고르고는 위를 향해 외쳤다.

"무림맹이다!"

채챙!

순간 위사들이 검을 뽑아 들었다. 무림맹과 일월궁의 관계를 대변해 주는 광경이었다.

"무림맹이 여기는 무슨 일이지?!"

"사신의 자격으로 왔다!"

해월령의 외침에 성벽 위가 소란스러워졌다. 잠시 후, 굳게 닫혀 있던 성문이 열렸다.

그그긍!

육중한 소리를 내며 성문이 열리자 해월령 일행이 그 안으로 천천히 걸어 들어갔다.

차창!

성문을 막 통과했을 무렵 네 사람을 처음 맞이한 것은 창을 든 채 눈을 부라리고 서 있는 일월궁의 무사들이었다.

그긍!

성문이 닫혔다.

제갈여진과 임지령의 표정이 딱딱하게 굳어졌다. 혹시 무슨 일이 생길 경우 도주하기가 마땅찮았기 때문이다. 둘만큼은 아니었지만 해월령 역시 마찬가지였다.

그에 반해 적연의 표정은 담담하기만 했다.

"상부에 알렸으니 이곳에서 대기하라."

다른 위사들보다 화려한 복장을 한 사내였다. 일월궁의 문을 관리하는 경비대장일 것이다.

적연은 고개를 끄덕이며 그 자리에 서서 기다리기 시작했다.

그렇게 반 각 정도의 시간이 지났을 무렵 상부에 보고를 하러 갔던 위사가 돌아왔다.

경비대장은 위사와 몇 마디 귓속말을 나누더니 고개를 끄덕였다.

"날 따라와라."

해월령은 안도의 한숨을 내쉬며 그의 뒤를 따라 걸었다.

"생각보다 깔끔하네."

경비대장의 뒤를 따르며 주위를 살피던 제갈여진이 중얼거렸다.

일월궁에 대한 헛소문과 선입견 때문이었다.

예상 밖으로 일월궁은 깔끔했고 치안도 안정되어 보였다. 가끔씩 길 곳곳에 자리 잡고 있는 사당에 사람들이 모여 앉아 기도를 하는 모습도 보였다.

배화교의 신인 아후라 마즈다에게 올리는 기도일 것이다. 그것을 제외하자면 어디서나 볼 수 있는 풍경이었다.

"그렇군."

일월궁주가 고개를 끄덕였다. 광명좌사는 어깨를 으쓱하며 턱을 매만졌다.

"무림맹에서 무슨 의도인지 모르겠군요."

"흐음."

일월궁주는 침음성을 흘렸다. 찜찜한 구석이 있기는 하다. 하지만 어쩔 수 없지 않은가.

"일단 만나보고 판단을 내려보도록 하자."

"알겠습니다. 그건 그렇고……."

광명좌사는 말끝을 흐렸다. 일월궁주가 고개를 끄덕였다.

"알고 있다."

그와 동시에 대전 밖에서 알려왔다.

"당도했습니다."

"들라 하라."

끼이익.

이윽고 문이 열리자 해월령과 적연, 그리고 나머지 두 명이 서 있었다.

해월령이 조심스럽게 걸음을 옮겼다. 그에 따라 적연과 제 갈여진, 임지령이 뒤따르려 했지만 무사가 제지했다.

"여자만 들어가시오."

해월령의 눈에 당혹스러운 빛이 떠올랐다.

그 모습을 바라보던 일월궁주가 손을 가볍게 내저었다.

"상관없다. 들여보내."

"복명!"

무사가 재빨리 옆으로 물러섰다.

끼이익.

이윽고 네 사람이 대전 안으로 들어서자 문이 닫혔다.

꿀꺽.

해월령은 침을 꼴깍 삼키며 대전의에 앉아 있는 일월궁주를 바라보았다.

'저자가 일월궁주?'

말로만 듣던 일월궁주를 직접 눈앞에 마주 대하니 절로 몸이 움츠러드는 것 같은 기분이었다.

일월궁주의 옆에 시립해 있던 광명좌사가 말문을 열었다.

"가까이 오시오."

"예."

해월령은 예를 취한 뒤 뒤에 서 있는 이들에게 자그만 목소리로 말했다.

"여기 서 있어요."

적연은 고개를 끄덕였다.

해월령은 조심스러운 걸음걸이로 앞으로 걸어나갔다.

"그만."

일월궁주와의 거리가 열 보까지 가까워졌을 무렵, 광명좌사가 손을 뻗었다.

멈추라는 뜻이었다. 해월령이 발걸음을 멈추자 일월궁주 백한로가 말문을 열었다.

"환영한다."

"알현을 허락해 주셔서 감사합니다."

"본좌에게 건네줄 것이 있다고?"

"예."

해월령은 고개를 숙인 채 대답하고는 혁낭을 끌러 비단으로 싸여져 있는 죽간을 꺼내 들었다.

광명좌사가 차분한 걸음걸이로 다가와 죽간을 가지고 백한로에게 건네주었다.

"흐음."

백한로는 죽간을 펼쳐 안의 내용을 살펴보았다. 그렇게 얼마나 시간이 지났을까.

"흥미롭군."

백한로는 죽간을 둘둘 말며 미소를 지은 뒤 광명좌사에게 시선을 주었다.

"이들이 편히 쉴 수 있도록 객빈관을 내주도록."

"예?"

해월령이 화들짝 놀라며 고개를 들었다. 백한로는 의아한 표정을 지었다.

"무슨 일인가?"

"그, 그렇게 신경 쓰지 않아주셔도 되는데요."

"껄껄, 그것은 예의가 아니지."

백한로는 호탕하게 웃었고 해월령은 식은땀을 흘렸다.

한시라도 이곳에서 벗어나고픈 생각이었기 때문이다.

"그럼 편안히 쉬십시오."

시비가 다소곳이 예를 취한 후 문을 닫았다.

"하아."

해월령이 의자에 털썩 주저앉으며 한숨을 토해냈다.

"간이 오그라드는 줄 알았어."

제갈여진은 상기된 표정으로 고개를 끄덕였다. 아닌 게 아니라, 무림에서도 최상위를 다투는 초고수다.

좀처럼 만나보기도 어렵거니와 무림맹과는 견원지간이나 마찬가지인 일월궁의 궁주가 아닌가.

"오늘 잠은 다 잤다."

적진이나 마찬가지인 곳에서 어찌 편히 쉴 수가 있겠는가.

제갈여진은 눈을 흘기며 괜히 해월령을 몰아붙였다.

"돌아가겠다고 왜 말을 못해?"

해월령 역시 발끈해서 언성을 높였다.

"네가 내 상황이 돼봐!"

두 여자의 툭탁거림이 좀처럼 사그라들 기미가 보이지 않았다. 눈치없는 임지령이 둘을 진정시키기 위해 나섰다.

"자, 자… 진정들 하시고."

"당신은 빠져요!"

결국 해월령에게 한소리를 듣고 사색이 되어 뒤로 빠진 임지령이었다. 적연은 한숨을 내쉬며 의자에 자리를 잡고 앉았다.

괜히 끼어들어 힘 빼고 싶은 생각은 없었다.

똑똑.

"누구십니까?"

임지령의 물음에 방문이 열리며 아까의 시비가 들어왔다.

"무슨 일이지요?"

해월령이 제갈여진과의 다툼을 멈추고 물었다. 시비는,

"궁주님의 명입니다."

"예?"

궁주란 말이 나오자 해월령과 제갈여진이 불안한 표정을 지었다.

"무림맹 여러분을 위한 연회가 있을 예정이오니 참석하시라고요."

해월령의 얼굴이 사색이 되었다.

그리고 잠시 후,

"어머! 이 옷, 너무 예쁘다."

해월령은 입이 찢어져라 미소를 지으며 시비가 가지고 온 옷을 몸에 대보았다. 그것은 제갈여진 역시 마찬가지였다.

"여자들이란."

임지령은 고개를 설레설레 내저으며 중얼거렸다.

방금 전까지만 하더라도 뭐 씹은 얼굴들이더니만 옷 한 벌에 무너져 버렸다.

적연은 턱가를 매만지며 입을 열었다.

"위세용이겠지."

이곳에서의 일은 무림맹에도 들어갈 테니 말이다. 이런 식으로라도 자신들의 위신을 과시하고 싶은 것이리라.

"그럴 수도 있겠군요."

"흐음."

적연은 침음성을 흘렸다.

그들은 자신들을 위해 마련해 준 옷을 입고 연회장으로 갔다.

연회장 안은 넓고도 화려했다.

이미 일월궁 내에 많은 이들이 자리를 잡은 채 해월령 일행을 기다리고 있었다.

해월령과 제갈여진의 얼굴에 짙은 음영이 드리워졌다.

연회장으로 들어가기가 무섭게 자신들에게 집중된 시선들 때문이었다. 하나같이 말로만 듣던 마두들이었다.

"왔는가?"

제일 상석에 앉아 있던 백한로가 그들을 맞이했다. 해월령이 대표로 예를 취했다.

"초대해 주셔서 감사합니다."

"이리로 와서 앉게."

엎친 데 덮친 격이란 것이 이럴 때 쓰는 것일까.

'자리 한번 지랄 맞네.'

하필이면 자리도 백한로가 앉은 상석 바로 밑이었다.

고개만 들면 백한로와 얼굴을 마주 봐야 한다.

"어서."

"예."

결국 해월령은 찍소리도 못하고 백한로가 지정해 준 자리에 앉을 수밖에 없었다.

해월령을 기준으로 옆으로 쪼르르 늘어선 셈이었다. 그것으로도 가시방석이나 마찬가지건만 제갈여진의 경우는 더했다.

가장 외곽에 자리를 잡고 앉은 제갈여진의 옆에는 누가 보더라도 호감이 갈 만한 미남자가 앉아 있었다.

무림에서도 악명 높은 색마라는 게 문제였지만.

"어여쁜 소저로군."

색마 위지천은 특유의 색기 넘치는 미소를 지으며 제갈여진에게 수작을 부리기 시작했다.

"아, 예."

자리가 자리인지라 제갈여진은 싫은 내색도 하지 못하고 고개를 푹 떨궜다.

그때 백한로의 옆에 시립해 있던 광명좌사가 외쳤다.

"궁주님의 말씀이 있으시겠소!"

그 순간 모든 이들의 시선이 백한로에게 쏠렸다.

"흠흠……."

백한로는 두어 차례 헛기침을 내뱉더니 천천히 말문을 열었다.

"무더웠던 여름이 가고 이제는 완연히 가을로 들어선 이때……."

문득 백한로가 말끝을 흐리더니 광명좌사를 바라보았다.

"이게 뭐라고 쓰여 있는 거지?"

광명좌사는 당황스런 표정을 짓더니 백한로의 귀에다가 대고 조그만 목소리로 말해주었다.

"단풍입니다."

"아, 그렇군. 요즘 들어 자꾸 눈이 침침하단 말이야. 흠흠! 단풍은 붉은 빛깔로… 거기, 졸지 마라."

백한로의 말에 끄트머리에 앉아 꾸벅꾸벅 졸던 사내가 화들짝 놀라 눈을 동그랗게 떴다.

좌중을 향해 눈빛을 한번 흘긴 백한로가 다시금 입을 열었다.

훈시는 장장 일각에 이어 이어졌다.

"…이상 따분한 이야기는 그만 하고, 연회를 즐겨라."

"복명!"

사람들이 한목소리로 외쳤다. 악사들이 잠시 멈췄던 풍악을 울리기 시작했고, 연회장 안으로 시비들이 음식들을 들고 들어왔다.

화려한 연회가 시작되었다.

백한로는 뿌듯한 표정을 지으며 해월령에게 시선을 주었다.

"그대들도 즐기시오."

"호의에 감사드립니다."

해월령은 예의를 취하고는 음식을 먹기 시작했다.

"음식 맛이 좋군요."

임지령은 상당히 허기가 졌는지 허겁지겁 음식을 먹기 시작했고, 적연은 조용히 술잔을 기울이며 자작을 했다.

"해월령이라고 했던가?"

연회를 즐기던 백한로가 물었다. 해월령은 고개를 숙이며 대답했다.

"예."

"해월가의 여식이겠군."

"맞습니다."

"같이 온 이들도 소개해 주게."

해월령은 고개를 끄덕이며 맨 처음 자신의 옆에 앉아 있던 임지령을 가리켰다.

"검각의 임지령 소협입니다. 추후 검각의 주인이 될 분이지요."

"그렇군."

백한로는 가볍게 고개를 끄덕이며 임지령을 뜯어보았다. 그다음은 제갈여진이었다.

"제갈세가의 차기 가주인 제갈여진입니다."

"과연 눈에 총기가 가득하군."

백한로의 말에 제갈여진의 볼이 살짝 붉어졌다. 무림맹과의 관계를 떠나 그 정도 되는 인물에게 칭찬을 받은 탓이었다.

마지막으로 백한로의 시선이 간 것은 적연이었다.

"저 청년은?"

"아… 저 사람은……."

해월령이 말을 버벅대었다. 막상 이렇게 되고 보니 딱히 설명할 말이 없었기 때문이다.

그 모습을 바라보던 적연이 말문을 열었다.

"적연이오."

"헉!"

해월령의 안색이 새파랗게 질렸다.

쏴아아!

순간 좌중의 분위기가 싸늘하게 식었다.

감히 일월궁주의 면전에다가 대고 반말 비스름하게 자신을 소개하는 놈은 없었다. 더욱이 아직 새파랗게 젊은 녀석이 아닌가.

"껄껄껄."

백한로가 갑자기 껄껄 웃었다. 적연 역시 입가에 희미하지만 미소가 머금어져 있었다.

"적연이라고 했지? 이리 오거라."

적연은 거칠 것 없다는 표정으로 해월령을 지나 백한로가 앉아 있는 상석으로 걸어 올라갔다.

백한로는 자신의 잔을 비운 후 적연에게 건넸다.

"술 한잔 받거라."

쪼르륵.

잔에 술이 차 올라왔다. 적연은 단번에 술을 들이켠 후 백한로에게 돌려주고는 잔을 채워주었다.

백한로는 적연을 지그시 바라보았다.

"네게서는 거친 모래 냄새가 느껴지는구나."

"……!"

적연의 눈이 치켜떠졌다. 백한로는 짙은 미소를 머금었다.

"마음에 든다."

어느새 연회장의 모든 시선이 백한로와 적연에게 모여 있었다.

"여기는 좀 시끄럽군. 자리를 옮길까?"

적연은 고개를 끄덕이며 몸을 일으켰다.

"앉거라."

백한로의 말에 적연이 맞은편 의자에 앉았다.

현재 그들이 앉아 있는 곳은 백한로가 평상시 일을 처리하는 집무실이었다.

"날 아오?"

적연이 단도직입적으로 묻자 백한로가 피식 미소를 지었다.

"알지. 알다마다. 솔직히 좀 놀랐어. 아비와 너무 닮아서."

꿈틀.

적연의 인상이 한순간 찡그려졌다. 백한로에 입에서 나온 말 때문이었다.

"나는 아비가 없소."

백한로의 입가에 걸린 미소가 짙어졌다.

"아비를 인정하지 않는군."

"그런 사람 따위."

"부정하려 해봤자 네 혈관에는 적가의 피가 흐르고 있어."

"그만 하시오!"

적연의 언성이 격해졌지만 백한로의 표정은 여유롭기만 했다.

"그토록 부정하면서도 무림맹에 들어간 이유는 뭐지?"

"그건……."

"그냥 대막에 있지."

적연은 말문이 막혔다.

"어머님의 유언이 있어서요."

버벅대고 있는 자신이 슬슬 짜증나기 시작했다. 마치 변명하는 것 같지 않은가.

"죽은 사람의 유언 따위는 얼마든지 무시할 수 있어. 자신의 의지 문제일 뿐."

적연은 입술을 꽉 깨물었다.

그에 반해 백한로의 표정은 연신 여유로움을 머금고 있었다.

끼이익.

문이 열리며 두 명의 시비가 주안상을 들고 들어왔다. 각기 백한로와 적연의 옆에 서서 빈 잔에 술을 따라주었다.

백한로는 적연을 지그시 바라보며 입을 열었다.

"그래… 산예는 편히 갔는가?"

적연이 눈을 동그랗게 떴다.

"어머니를 아시오?"

백한로가 고개를 끄덕였다.

'표정이……'

적연은 의아스런 빛을 띠었다. 백한로의 표정이 어두워졌기 때문이다. 적연은 순순하게 대답했다.

"별 탈 없이 평온하게."

"그렇군."

백한로는 술잔을 들었다.

"참으로 드센 녀석이었지."

적연은 고개를 살며시 끄덕였다. 어렵사리 살아왔지만 언제나 괄괄했었다.

백한로는 적연을 바라보았다.

"산예는 내 사매였다."

적연의 눈이 동그랗게 떠졌다.

"왜, 믿기지 않는가?"

적연은 고개를 저었다. 백한로는 거짓을 말할 사람이 아니었다.

"어렸을 때 내가 업어 키운 아이야. 그만큼 녀석에 대한 나의 애정은 각별했지."

백한로는 짐짓 원망스럽다는 표정을 지었다.

"그래서 무림맹의 그놈과 혼인을 한다 할 때도 나만큼은 축복을 빌어주었다."

적연의 아비를 이르는 말이었다. 백한로가 적연을 바라보았다.

"네 아비 놈은 나에게 맹세했어. 그 아이를 꼭 행복하게 해주겠노라고. 하지만 그렇게 되질 못했어."

"내 어머니가 배화교 출신이라서?"

백한로는 고개를 내저었다.

"그것은 겉으로 드러난 명분일 따름이야."

"그렇다면?"

"인정하기는 싫지만 놈은 너무 뛰어났지. 나머지 가신 가문에게 위협이 될 정도로. 그건 아나? 무림맹에는 다섯 곳의 가신 가문이 있다는 것을 말이야."

예전부터 무림맹을 이루어왔던 오대가문을 이르는 것이었다.

적연은 입술을 으적 깨물었다.

"그렇군."

사람이란 것이 그렇다. 특히 권력이라면 그 집착은 상상을 초월할 정도일 터.

"솔직히 말하자면 난 네가 싫다. 반은 녀석의 피가 섞여 있으니까."

적연의 표정이 굳어졌다. 백한로가 한숨을 내쉬며 고개를 떨궜다.

"그렇지만 산예를 생각하자면……."

백한로는 고개를 들며 말을 이었다.

"얼마 전 산예가 편지를 보내왔다. 네 뒤를 봐달라고 부탁하더구나."

"그런 것 필요없소."

적연의 표정은 단호했다. 백한로는 턱을 매만지며 말문을 열었다.

"궁귀와 싸운 것을 알고 있다. 수룡왕 역시 마찬가지고."

"……."

그 말뜻은 모든 것을 지켜봤다는 것이다.

적연은 불쾌한 표정을 지었다. 누군가 자신을 지켜보고 있다는 사실을 깨닫지 못했기 때문이다.

백한로는 씁쓸한 미소를 지으며 입을 열었다.

"만검."

"부르셨습니까?"

한 사내가 어둠 속에서 솟구치듯 올라왔다.

적연은 인상을 찡그렸다. 광명좌사였다.

"당신인가?"

광명좌사 만검이 고개를 끄덕였다.

"그렇다. 내가 네 뒤를 쫓았다."

"크흠……."

적연은 침음성을 흘렸다. 백한로는 광명좌사를 바라보며 미소를 지었다.

"만검과는 배화교에서부터 알아온 사이지."

광명좌사는 씁쓸한 표정을 지었다. 백한로는 고개를 내저었다.

"그 이야기는 그만 하지."

적연은 답답하다는 표정을 지었다. 그런 옛이야기나 하려고 부른 것 같지는 않다고 생각했다.

"왜 나를 부른 거요?"

"사매의 부탁이다. 난 네 뒤를 봐줄 의무가 있어."

"그런 건 바라지 않소."

예상했던 대답에 백한로는 피식 미소를 지었다.

"물론 내 나름대로 도와준다는 이야기야."

백한로는 광명좌사를 바라보았다.

광명좌사는 품을 뒤적여 조그만 책자를 꺼내 백한로에게 건넸다.

스윽.

백한로는 책자를 적연 앞으로 밀어주었다.

"이게 뭐요?"

"심법서일세."

"이게 무슨?"

"듣자 하니 내공을 잘 운용하지 못한다더군."

적연은 고개를 갸웃거렸다. 내공을 잘 운용하지 못한다니, 이게 무슨 소린가.

"나에게는 내공이 없소."

백한로는 의미심장한 미소를 지었다.

"궁귀와 수룡왕을 무시하는군. 내공을 운용하지 못하는 네가 그 정도 되는 고수들과 싸워 이길 수 있으리라 생각했나?"

"……!"

수룡왕과 싸웠을 때가 생각났다.

단 한 방이었다.

"없는 것이 아니라 숨겨져 있을 뿐. 내가 해줄 수 있는 것은 이것이 다."

백한로는 가볍게 손을 내저었다.

"그만 가봐라."

적연은 몸을 일으켰다.

"그리고."

막 문을 나서려던 적연은 백한로의 부름에 고개를 돌렸다.

"……?"

"해월천을 조심하거라."

뜬금없는 한마디였지만 적연의 뇌리에 스치는 바가 있었다.

"알겠소."

딸칵.

이윽고 문이 닫혔을 무렵 백한로가 한숨을 내쉬었다.

"이만하면 된 거겠지요?"

갑작스런 존칭이었다. 더욱 놀라운 것은 광명좌사의 대답이었다.

"그래."

묘하게 바뀐 상황이었다. 수하인 광명좌사가 하대를 하고 백한로가 존대를 하다니.

백한로가 얼굴로 손을 가져가며 입을 열었다.

"은근히 불편하군요, 인피면구란 것은."

백한로가 얼굴을 덮고 있던 인피면구를 벗겨내었다. 그것은 광명좌사 역시 마찬가지였다.

땀에 절은 두 사람의 얼굴이 드러났다. 방금 전까지 백한로였던 광명좌사와 광명좌사였던 백한로가 서로를 바라보며 어색한 미소를 지었다.

"짧지 않은 기간 동안 자리를 비웠는데, 이 자리를 지켜줘서

고맙네.”

“다시는 이런 명은 내리지 말아주십시오.”

광명좌사는 요 몇 달간의 당혹스러웠던 순간이 기억난 듯 한숨을 내쉬었다. 백한로는 기꺼운 얼굴로 고개를 끄덕였다.

광명좌사는 걸치고 있던 일월궁주의 옷을 벗어 백한로에게 걸쳐 주며 물었다.

“왜 이런 명을 내리신 겁니까?”

얼굴을 바꾸면서까지.

“난 저 아이를 마주 보고 이야기할 자신이 없네. 싫어하거 든.”

백한로는 쓸쓸한 미소를 지었다.

“하지만 이런 식으로라도 사매의 마지막 부탁은 들어주고 싶었네.”

광명좌사는 침울한 표정을 지었다.

“소교주님……..”

“자네 또 그러는군. 난 이제 배화교의 소교주가 아닐세.”

백한로는 피식 미소를 지으며 광명좌사를 바라보았다.

“그건 그렇고, 무림맹에서 상당히 재미있는 제안을 해왔더 군.”

“무슨 내용인지 여쭤보아도 되겠습니까?”

해월령이 가져온 서신의 내용이 궁금했다. 무림맹과 일월궁 의 관계를 생각하자면 더욱 그랬다.

“배화교의 움직임이 심상치 않다는군.”

"심상치 않다라는 것은?"

광명좌사는 선뜻 이해가 가지 않는다는 표정으로 중얼거렸다. 백한로는 가볍게 손을 내저었다.

"아무래도 두 단체들 간에 뭔가 사단이 나도 날 모양이야. 어차피 우리가 신경 쓸 일이 아닐세."

"그렇다면 무림맹에서 서신을 보낸 것은 무슨 의도입니까?"

광명좌사의 물음에 백한로는 씁쓸한 미소를 지으며 입을 열었다.

"괜히 어줍잖게 끼어들 생각일랑 하지 말아라 정도의 경고라 판단되는군."

"오만방자하기가 이를 데 없군요."

광명좌사는 분한 표정으로 중얼거렸지만 백한로는 어깨를 으쓱할 따름이었다.

"어쩔 수 없는 일이지. 그건 그렇고, 자네와 같이 술을 마신 지도 꽤나 오래된 것 같군."

백한로는 가볍게 손을 내저은 뒤 빈 잔을 들어 광명좌사에게 건넸다.

광명좌사의 얼굴에 희미하게나마 미소가 머금어졌다.

"그건 그렇고, 내 글씨가 그렇게 악필인가?"

백한로의 말에 광명좌사의 얼굴이 순식간에 굳어졌다. 아까 연회에서 말할 때 단풍이란 글자를 못 알아본 탓이었다.

딸칵.

처소로 돌아온 적연은 탁자에 얼굴을 묻은 채 잠들어 있는 해월령을 발견했다.

적연은 가볍게 한숨을 내쉬며 주위를 살피다가 얇은 담요를 가지고 와 해월령에게 덮어주었다.

"으으음……."

담요의 감촉을 느낀 탓일까. 해월령이 눈을 떴다. 그녀는 적연을 보기가 무섭게 몸을 일으켰다.

"연회가 벌써 끝났소?"

해월령은 어깨를 으쓱했다.

"걱정되잖아요. 눈치껏 빠져나왔죠."

"다른 이들은?"

"오자마자 곯아떨어졌어요."

아닌 게 아니라 피곤들 했을 것이다. 적연이 고개를 끄덕이자 해월령이 다시금 물어왔다.

"일월궁주와 무슨 이야기 했어요?"

"별것 아니었소."

"흐음?"

해월령은 짐짓 눈을 가늘게 뜨며 턱가를 매만졌다. 의심스럽다는 표정이 역력했다.

"그는 나에게 흥미를 가졌을 뿐이오."

第十三章

노인과 청년

龍
劍風

"령이가 돌아왔다고?"

"예."

무림맹주 상관책의 말에 앞에 시립해 있던 해월천이 대답했다. 상관책은 고개를 끄덕였다.

"무사히 돌아왔다니 다행이구나."

조금은 걱정이 되었던 것일까? 상관책이 안도의 미소를 지었다. 그 모습을 바라보던 해월천이 조심스럽게 입을 열었다.

"한 가지 여쭤보아도 되겠습니까?"

"무엇이더냐?"

"굳이 해월령을 지목하신 이유입니다."

상관책은 길게 늘어진 흰 수염을 손으로 쓰다듬으며 미소를 지었다.

"왠지 그 아이라면 잘해낼 것 같았으니까."

"하지만 그녀는 남오장으로서 이런 임무는……."

상관책의 양 눈썹이 위로 치켜 올라갔다.

"말이 많아졌구나."

"죄송합니다!"

해월천은 고개를 푹 숙이며 크게 대답했다. 상관책은 굳은 표정으로 가볍게 손을 내저었다.

"나가보아라."

"복명."

상관책의 싸늘한 어조에 놀란 해월천이 황급히 명을 받들었다.

달칵.

쫓기듯 맹주전을 빠져나온 해월천이 이빨을 으드득 갈았다.

"제길!"

왠지 기분이 더러웠다.

그 시각 적연은 백한로에게 받은 내공심법을 열심히 들여다보고 있었다.

"흐음."

그것도 잠시, 적연은 눈살을 찌푸리며 긴 한숨을 내쉬었다.

'쓸데없는 말이 왜 이렇게 많아?'

삼분지 이 이상이 원리와 이론에 관해 적혀 있는 책은 지루

하기 그지없었다.

　간단하게 정리를 하자면,

　편안한 옷을 입고 반가부좌(半跏趺坐)를 한 뒤, 가슴과 허리는 쭉 펴고 머리는 반듯이 한다.

　눈은 자연스럽게 뜨고 의식은 단전—배꼽 아래 기해혈—에 집중하며, 호흡은 크게 들이쉬고 내쉬기를 삼 회 한 후 마음과 호흡이 안정이 되었으면 입은 다물고 숨은 코로 서서히 단전(丹田)으로 들이쉬는데, 이때에 단전이 불룩 나오면 멈춤과 동시에 의식으로 회음, 장강, 명문, 신도, 대추, 아혈, 백회, 미간, 천돌, 인자, 신궐혈을 통해서 단전인 기해혈에 돌아오면 서서히 코로 내어쉰다.

　이때에 호흡 양의 삼분의 일은 남기고 내쉰다는 정도였다.

　'반복하라고?'

　적연은 가볍게 한숨을 내쉬었다.

　과연 이런 수련을 해야 하나 하는 생각이 들었지만 어쩔 수가 없었다. 백한로의 말이 자꾸 마음에 걸렸기 때문이다.

　또한 궁귀 조형의 존재도 자꾸 뇌리에 남았고.

　적연은 천천히 마음을 가다듬으며 정리한 내용대로 운기조식을 하기 시작했다.

　그렇게 얼마나 지났을까.

　"안 계시나?"

　미친개는 조심스럽게 적연의 처소 문을 열었다.

　방문을 두들겨 보았지만 안에서는 아무런 대답이 없었다.

"어? 계셨네?"

미친개는 눈을 동그랗게 뜨며 방 안으로 들어왔다가 걸음을 멈췄다. 적연이 침상 위에 가부좌를 튼 채 앉아 있었기 때문이다.

'운기조식?'

미친개는 어깨를 으쓱하며 최대한 조용한 걸음걸이로 적연의 옆에 와 섰다.

"언제부터 와 있었나?"

한쪽 눈을 빼꼼히 뜬 적연이 미친개를 바라보았다.

"끝났어요?"

적연은 고개를 내저었다.

"뭐가 뭔지 잘 모르겠어."

"아직 익숙해지지 않으셔서 그런 거겠지요."

적연은 고개를 끄덕였다. 미친개의 말대로 익숙지 않기에 그런 것이라고 자위했다.

"그건 그렇고, 무슨 일이지?"

"형님이 알아보라고 하신 거요."

"해월천인가?"

"에?"

"맞나 보군."

적연의 말에 미친개는 크게 뜬 눈을 깜박였다.

"보고해 봐."

적연의 말에 미친개가 말문을 열었다.

"예상보다 꼼꼼한 자더군요."

적연의 안광이 번뜩였다.

"결과는?"

미친개는 미소를 지으며 품을 뒤적이더니 두꺼운 종이 두루마리를 꺼내 들어 보였다.

"여러 경로를 통해 알아본 결과 형님 말씀대로더군요. 녀석은 사소한 서류라도 함부로 버리는 법이 없었습니다."

적연은 두루마리를 건네받아 끌러 안의 내용을 살폈다. 미친개가 두루마리 한편을 가리켰다.

"그간 많은 암살 사주가 있었던 모양입니다만, 이것을 보십시오."

심우회.

"음?"

적연이 고개를 들어 미친개를 바라보았다. 심우회라면 궁귀 조형이 장로로 있는 단체였다.

"이것으로 확실해졌군."

의뢰자는 해월천이었다.

흥수를 알아냈음에도 불구하고 적연의 얼굴에는 어둠이 깃들어져 있었다.

"왜 그러세요, 형님?"

"그 영감… 괜찮은 걸까?"

"예?"

"혹시라도 해월천이 이 두루마리를 도난당했다는 사실을 알게 된다면……."

미친개는 침을 꼴깍 삼켰다.

"증거를 없애려 들겠군요."

적연은 입술을 으적 깨물었다.

그 시각, 해월천은 눈을 동그랗게 뜬 채 서랍장 안을 뒤지고 있었다.

"없다?"

서랍장 안을 뒤지는 해월천의 손길이 거칠어졌다.

"헉… 헉!"

해월천은 엉망으로 어질러진 방 한가운데에 서서 거친 숨을 몰아쉬었다.

아무리 찾아도 없다.

"밖에 누구 있느냐!"

해월천의 외침에 방문이 열리며 시비가 들어왔다. 그녀는 방 안의 정경을 바라보며 놀란 표정을 지었다.

"도련님……?"

"이 방에 누가 들락거린 사람이 있느냐?"

"제가 알기로는 없습니다."

해월천은 긴 한숨을 내쉬며 이마를 손으로 짚었다.

시비는 그 모습을 바라보다가 쪼그리고 앉아 바닥에 떨어진 옷가지며 여러 잡동사니들을 정리하기 시작했다.

'누구냐.'

생각해 봐도 짚이는 것이 없었다. 또한 자신이 머무는 거처는 그 누구라도 무단으로 들어올 수는 없는 곳이다.

'그렇다면……'

누군가 잠입했다는 결론에 이른다.

"제길!"

해월천은 욕설을 내뱉었다. 그동안 어느 정도 방 안을 정리한 시비가 몸을 일으키며 입을 열었다.

"도움이 필요하시죠?"

"예?"

해월령은 고개를 갸웃거리며 적연을 바라보았다.

"그게 지금 무슨 소리예요?"

"열흘만 휴가를 달라고 했소."

굳은 표정의 적연을 바라보던 해월령이 눈을 깜박거리며 물었다.

"갑자기 그런 말을 하면 당황스럽잖아요."

"일이 있소."

해월령이 입술을 깨물었다.

"날 지켜주기로 한 것 아닌가요?"

적연의 표정이 잠시나마 어두워졌다.

"하지만 꼭 해야 될 일이지."

"후우."

해월령은 한숨을 내쉬었다. 고작 열흘이지만 적연이 주위에 없을 것을 생각하니 걱정부터 앞섰다.

한참을 고심하던 해월령이 허락의 뜻을 표했다.

"…알겠어요."

적연은 한차례 미소를 지은 후 곧바로 방문을 나섰다.

"형님."

때마침 밖에서 적연을 기다리고 있던 미친개가 다가왔다.

"아무리 생각해도 이건 좋지 않아요."

"이 수밖에는 없다."

"그렇다면 하다못해 저라도 같이……."

"가는 길은 확실한 거겠지?"

미친개는 고개를 끄덕였다.

적연은 굳은 표정으로 해월령의 처소를 바라보았다.

"내가 없는 동안 지켜라."

"걱정 말고 다녀오세요."

그때 화단 정리용 가위를 들고 지여선이 다가오며 말했다. 그녀는 미친개의 어깨에 손을 두르며 한쪽 눈을 찡긋거렸다.

"저도 도울 테니까요."

"이, 이 여자가 부끄러운 것도 모르나."

미친개는 화들짝 놀라며 몸을 뒤로 빼려 했다. 하지만 지여선의 팔 힘은 생각보다 강했다.

"왜? 수줍어? 식은땀이 삐질삐질 흐르지?"

"우와악!"

툭탁거리는 모습을 바라보던 적연의 얼굴에 미소가 지어졌다.

미친개는 더 이상 참지 못하겠다는 표정으로 속에 있던 궁금증을 털어놓았다.

"형님, 저는 솔직히 이해가 되질 않아요. 궁귀 영감이 뭐길래 이런 위험까지 감수하는 거지요?"

적연은 물끄러미 미친개를 바라보다가 어깨를 두들겨 주고는 걸음을 옮겼다.

무림맹을 나와 나흘 정도를 내달렸을 무렵, 적연은 저 멀리 보이는 장원을 바라보며 안광을 빛냈다.

섬서와 호북의 경계에 자리 잡은 평리현.

그곳에서 북쪽으로 반 시진 정도 달리면 산밑에 위치한 곳이다. 언뜻 보기에는 그저 평범한 장원처럼 보이지만 실은 심우회의 본거지, 그리고 적연의 목적지였다.

뚜벅.

적연은 천천히 걸음을 옮겨 장원의 정문 앞에 섰다.

"누구십니까?"

빗자루로 문 앞을 쓸던 하인이 적연에게 물어왔다.

"궁귀를 만나러 왔다."

"예?"

찰나지간 하인의 눈이 번뜩였고, 그것을 놓칠 적연이 아니었다.

"적연이 왔다고 전해라."

하인을 가장한 살수가 황급히 대문 안으로 뛰어들어 갔다.

툭.

손에 들려 있던 젓가락이 식탁 위로 떨어졌다.

"뭐라고?"

조형은 눈을 동그랗게 떴다.

"분명히 적연이라고 했습니다."

덜컹.

조형은 몸을 일으켰다.

빠른 걸음으로 정문에 도착한 조형의 눈에 적연이 눈을 감은 채 서 있는 모습이 들어왔다.

조형은 표정을 굳히며 말문을 열었다.

"오래간만이군."

적연은 눈을 뜨며 조형을 바라보았다.

"그동안 잘 지냈소?"

살기가 느껴지지 않는 목소리에 조형이 고개를 끄덕였다.

"그래."

"그렇다면 다행이군."

"여기는 무슨 일인가? 이곳은 어떻게 알았지?"

"손님을 이렇게 세워둘 거요?"

조형은 표정을 굳혔다.

"여기는 네가 와서는 안 되는 곳이다."

"그쯤은 알고 있소."

적연은 어깨를 으쓱하며 말을 이어나갔다.

"하지만 와야 했지."

"와야 했다?"

조형은 쉽사리 이해가 되지 않는다는 표정이었다. 적연은 팔짱을 끼며 나직한 목소리로 말문을 열었다.

"곧바로 몸을 숨기는 게 좋을 거요, 개죽음당하기 싫으면."

"무슨 소리지?"

"해월천. 낯익은 이름 아니오?"

움찔.

해월천이란 이름이 나오자 조형의 표정이 삽시간에 굳어졌다.

"그렇겠지. 그녀를 죽이라 의뢰한 자니까."

"…용케 알아냈군."

어설프게 숨기려 하지는 않았다. 적연은 이미 모든 것을 안 자의 표정이었다.

"그게 우리가 몸을 숨겨야 하는 이유인가?"

적연은 고개를 끄덕였다.

"자신이 저지른 짓을 들킬 위험에 처했거든. 증거를 없애려 들 거요."

"알려주는 이유가 뭔가?"

더욱이 위험을 감수하면서까지.

적연은 단지 어깨를 으쓱할 뿐이었다.

"그냥."

"허허허!"

조형이 웃음을 터뜨리더니 적연을 바라보며 고개를 내저었다. 완전히 바보가 아닌가.

"재미있군. 이곳을 알려준 것은 그 미친개란 녀석이겠지?"

"그런 셈이지."

적연은 순순히 고개를 끄덕였다. 그때 문밖으로 한 무리가 뛰어나왔다.

"총관?"

조형의 표정이 굳어졌다. 총관을 비롯한 십여 명의 정예 살수들이 눈을 번뜩이고 있었다.

"이건 도대체 뭔가?"

"저자가 적연입니까?"

어찌나 다급했는지 총관은 조형에게 인사를 하는 것조차 잊고 물어왔다.

"그렇네."

"죽여야 합니다."

총관은 다급했다. 그의 입장에서는 적연은 불구대천의 원수나 마찬가지였기 때문이다.

조형은 그 모습을 바라보다가 무겁게 고개를 저었다.

"그건 아니 될 말일세."

"예?"

뜻밖의 말에 총관이 눈을 동그랗게 떴다.

"그게 무슨 말씀이십니까?"

"지금은 그럴 때가 아니라는 것이지."

"이해를 할 수가 없군요!"

답답한 마음에 총관의 언성이 높아졌다. 조형은 한숨을 내쉬며 말문을 열었다.

"얼마 지나지 않아 척살대가 들이닥칠 것일세."

"예?"

"해월천 그자가 우리에게 의뢰한 바를 들킨 모양이더군. 우리를 모조리 제거해 증거를 없애기 위함이겠지. 그렇지 않나?"

마지막 말은 적연에게 향해 있었다.

적연은 고개를 끄덕이며 팔짱을 끼었다.

"죽기 싫으면 도망가는 것이 좋을 거요."

"이, 이 말을 믿으십니까?"

총관은 눈썹을 치켜 올리며 반문했다. 그의 입장에서 보자면 그런 의심을 가질 수밖에 없었다. 다른 그 누구도 아닌 적연의 입에서 나온 말이었기에 더욱 그랬다.

적연은 비릿한 미소를 흘렸다.

"믿기 싫으면 말고."

"네 이놈!"

참지 못한 총관의 외침에 정예 살수들이 순식간에 적연의 주위를 둘러쌌다. 여차하면 곧바로 공격을 감행하겠다는 표시였다.

적연은 어깨를 으쓱했다. 그 순간 조형이 주위가 쩌렁쩌렁하게 울릴 정도로 크게 외쳤다.

"총관!"

내력이 담긴 울림에 총관을 비롯한 정예 살수들이 어깨를 부르르 떨었다.

"난 이 사내를 믿네."

"이유가 무엇입니까?"

총관은 피를 토하는 심정으로 외쳤다. 그때, 문 안쪽에서 한 사내가 달려나왔다.

"자, 장로님!"

"무슨 일이냐?"

얼굴에 담긴 표정이 심상치 않다 여긴 조형이 물었다. 사내는 고개를 조아릴 틈도 없이 다급한 어조로 말했다.

"저, 적입니다!"

"뭣?"

총관이 화들짝 놀라 물었다. 적연은 그것 보라는 표정으로 조형을 바라보았다.

"거리는?"

"두 시진이면 도착할 것 같다는 보고입니다."

"수는 몇인가?"

"대략 삼 백여 명은 넘는 것 같습니다."

"사, 삼백 명……."

총관은 사색이 되어 중얼거렸다. 현재 이곳의 모든 인원을 합쳐도 오십이 채 되질 않는다.

본래라면 백오십에 가까운 수였지만.

'저놈 때문이다.'

천라지망에서 얻은 타격은 예상보다 심각했다. 가용 가능한 수가 절반 이상이 줄었다. 더욱이 이런저런 의뢰로 인해 밖으로 나가 있는 수도 삼십여 명에 이르렀다.

불리하기 그지없었다. 최소한 조금이라도 더 일찍 알았더라면 함정이라던지 여러 가지 방법을 모색해 보았겠지만 지금으로서는 시간이 너무 촉박하다.

"후우… 산 넘어 산이로군."

조형은 참담한 어조로 중얼거리다가 총관을 바라보았다.

"회주를 모시게."

"…예."

총관도 더 이상은 어쩔 수 없었는지 선선히 고개를 끄덕이고는 문 안쪽으로 달려들어 갔다.

으드득!

마지막으로 적연을 향해 살기를 표출하는 것도 잊지 않았다.

조형은 아직까지 적연의 주위를 둘러싸고 있는 살수들을 바라보았다. 눈빛이 흔들리는 것이 지금의 상황에 동요하는 눈치였다.

"어디든 좋다. 도망쳐라."

조형의 말에 잠시 주춤거리던 살수들이 하나둘 문안으로 뛰

어들어 갔다. 아마도 무엇이든 챙겨가고 싶을 것이고, 조형은
굳이 막을 생각을 하지 않았다.

이윽고 조형과 적연만이 남게 되었다.

"고맙다고 말해야 할까?"

"그럴 필요는 없소."

적연은 고개를 내저었다. 조형은 쓸쓸한 미소를 지었다.

"솔직히 말하자면 총관의 믿지 못하겠다는 말도 어느 정도
는 일리가 있어."

"그럴지도."

"하지만… 일단은 믿어주지."

적연은 미소를 지었다.

"하여튼 난 이제 가겠소. 알아서 잘 도망치라고, 선배."

"난 가지 않네."

순간 적연의 표정이 굳어졌다. 조형은 빙그레 미소를 지었
다.

"다 도망칠 수는 없지. 그건 수치야."

적연은 짐짓 무뚝뚝한 표정을 지으며 던지듯 말했다.

"마음대로."

"또다시 겨뤄보자는 약속은 못 지키게 되었군."

"기대도 안 했소."

적연은 퉁명스러운 말을 마지막으로 몸을 돌려 발걸음을 옮
겼다.

조형은 조금씩 멀어져 가는 적연의 뒷모습을 바라보며 쓸쓸

한 미소를 지었다.

그때 문밖으로 한 시동이 낑낑거리며 조형의 궁을 들고 나왔다. 등에는 화살이 가득 든 화살통을 몇 개씩 멘 채였다.

"고맙구나."

조형은 궁을 들고는 손을 뻗었다. 화살통을 건네달라는 뜻이었다.

"같이 가겠습니다!"

시동이 짐짓 결연한 어조로 말했다. 조형은 잠시 그 모습을 바라보다가 고개를 내저었다.

"그건 안 된다."

"사부님."

시동의 눈가에 눈물이 맺혔다. 조형은 인자한 미소를 지으며 물었다.

"휘야, 올해로 네가 몇 살이지?"

"열세 살입니다!"

시동은 힘차게 말했다. 조형은 슬며시 손을 뻗어 시동의 머리를 쓰다듬어 주었다.

"저기 저 사내가 보이느냐?"

"예."

시동은 저 멀리 걸어가고 있는 적연을 바라보며 고개를 끄덕였다.

"약속을 했었다. 무인 대 무인으로서 비무를 하겠노라고. 하지만 나는 지키지 못하겠구나."

"……."

"휘야, 나를 대신해 네가 지키거라."

"사부님… 그런 말씀 마세요."

"이 사부의 마지막 부탁을 못 들어주겠느냐?"

"아!"

시동은 안색이 새파랗게 질려서 뒤로 한 걸음 물러섰다. 조형은 빙그레 미소를 지었다.

"약속해 줄 수 있겠느냐?"

"…예."

시동은 눈물을 뚝뚝 흘리며 고개를 끄덕였다.

"총관을 쫓아가거라."

"사부님, 제자의 마지막 절을 받아주십시오."

시동은 조형에게 정성스럽게 절을 올리기 시작했다.

한 번… 두 번… 그렇게 구배지례를 올린 시동은 눈물을 훔치며 문안으로 뛰어들어 갔다.

"후우……."

인자한 미소를 짓고 있던 조형의 표정이 침울해졌다.

그는 화살통을 짊어 메며 천천히 걸음을 옮겼다.

두두두!

흑색 무복을 입은 사내들이 말을 달리며 곧장 심우회가 자리 잡은 장원을 향해 달려가고 있었다.

"이상하군."

맨 선두에서 달리던 긴 수염 사내의 말에 바로 뒤에서 달리던 사내가 옆으로 말을 붙이며 물었다.

"뭐가 말입니까?"

"뭔가 이상하지 않나?"

"'고작 살수 집단 하나를 처리하는 데 삼백이나 필요하다니 말이야. 이 시커먼 복장은 어떻고'라고 말씀하시려 했지요? 또 들으면 열다섯 번째입니다."

"그걸 세고 있었나?"

"하하하!"

사내는 멋쩍은 표정으로 웃다가 말을 이었다.

"저희야 위에서 시키는 대로 해야지요."

"그렇기야 하지만……."

"너무 심각하게 생각하지……."

끼이잉!

갑작스레 들려온 듣기에도 거북한 파공성에 사내와 수염사내가 인상을 찡그렸다.

"이게 무슨 소리……."

퍽!

순간 사내의 머리가 사라졌다.

목이 없어진 사내의 시신은 말 위에 앉아 흐느적거리다가 바닥으로 떨어졌다.

수염사내의 눈이 크게 치켜떠졌다.

"이, 이게 무슨……."

끼이잉! 퍽!

또다시 들린 파공성과 함께 뒤에서 따르던 수하의 목이 똑같은 방식으로 사라졌다.

"모두 말에서 내려!"

이히힝!

말 우는 소리와 함께 수염사내가 고삐를 잡아챈 뒤 속도가 느려지자 지체없이 바닥으로 뛰어내렸다. 그것은 다른 수하들 역시 마찬가지였다.

"헉! 헉!"

수염사내는 거친 숨을 몰아쉬며 뒤로 고개를 돌렸다.

바닥을 뒹굴고 있는 두 개의 머리 위로 무언가 삐죽 솟아올라 와 있음을 깨달았다.

"헉!"

이마 한가운데에 박혀 있는 것은 분명 화살이었다. 수염사내가 화들짝 놀라 주위를 살폈다.

주위에는 아무도 보이지 않았다.

끼이잉! 퍽!

다시 한 번 들려온 공포의 소리와 함께 또 한 명의 수하가 머리를 잃었다. 그렇게 일다경 정도의 시간이 지났을 무렵, 서른 명가량이 목을 잃은 채 바닥을 나뒹굴었다.

뿌드득!

수염사내가 이빨을 갈았다.

수하들은 방금 전에 비해 동요하는 기색이 역력했다. 지금의 상황에 대해 어떻게 대응해야 하는지 전혀 감이 잡히질 않으니 더욱 미칠 노릇이었다.

"나와라!"

좌중이 쩌렁쩌렁 울리도록 외쳤지만 돌아온 것은 엄청난 위력의 화살뿐이었다.

수염사내는 입술을 깨물며 황급히 주위를 살폈다. 때마침 길가 옆에 자리 잡은 커다란 바위가 보였다.

몸을 숨기기에는 딱 알맞았다.

"저곳으로 몸을 숨겨라!"

수염사내가 크게 외쳤다. 하지만 돌아온 것은 공포에 질린 눈동자뿐이었다. 바위와의 거리는 짧게 잡아도 오 장여. 가는 동안 누가 화살의 희생양이 될지 모른다는 불안감이 묻어 나오고 있었다.

결국 수염사내는 마음을 다잡으며 달리기 시작했다. 그제야 수하들도 이를 악물고 뒤를 따랐다.

두 명의 희생자가 늘어나기는 했지만 어쩔 수 없는 선택이었다.

이백 하고도 칠십여 명에 이르는 이들이 바위 뒤에 열을 맞춰 쭉 늘어섰다.

"치잇."

이렇게 몸을 숨겨봤자 뒤의 사람들은 아무런 득이 되질 못한다.

끼이잉, 쾅!

순간 엄청난 소리와 함께 커다란 바위가 한차례 요동쳤다. 그것은 계속해서 이어졌다.

쾅! 쾅! 쾅!

몇 번의 소리와 함께 바위 벽에 귀를 찰싹 대고 있던 수염사내의 표정에 의아함이 떠올랐다.

분명 화살이 바위를 때려서 발생하는 것일 텐데 그 진동이 조금씩 더 명확해져 왔다. 그 말인즉슨,

"서, 설마!"

쾅!

믿을 수 없다는 한마디가 끝나기도 전에 바위가 뚫리며 시퍼런 화살촉이 수염사내의 볼을 스치고 지나가 옆에 앉아 있던 수하 다섯 명의 머리를 그대로 꿰뚫어 버렸다.

왈칵!

수염사내의 얼굴로 뜨거운 피가 쏟아졌다.

"아, 아……."

넋이 나간 음성만이 공허하게 입 안에서 메아리쳤다.

"흐음."

그리고 들려온 나지막한 소리에 수염사내가 뚫린 구멍 사이로 눈을 들이밀었다.

'저 늙은이였구나!'

대궁을 든 채 서 있는 노인, 궁귀 조형이었다.

조형의 시위가 향한 곳은 자신이 뚫어놓은 구멍이었다. 수염사내와 조형의 시선이 마주쳤다.

씨익.

조형의 입가에 미소가 머금어짐과 동시에 시위가 놓아졌다.

파앙! 끼아앙!

순간 수염사내가 화들짝 놀라며 몸을 숙였다. 그와 동시에 구멍을 뚫고 화살이 튀어나왔다.

퍼벅! 하는 소리와 함께 수염사내 뒤에 있던 수하의 머리통이 날아갔다.

수염사내는 주먹을 꽉 쥐며 수하들을 향해 외쳤다.

"궁은 접근전에 약하다! 가자!"

주춤.

수하들은 좀처럼 움직이질 못했다. 아직 활에 대한 공포심이 남아 있었기 때문이다.

수염사내는 답답하다는 표정으로 휑하니 뚫린 바위의 구멍을 가리키며 외쳤다.

"이곳에 있다고 무사할 수 있을 것 같더냐?"

그제야 수하들이 몸을 일으키며 병장기를 챙겼다. 수염사내는 검을 들며 앞으로 뛰어나갔다.

'무슨 생각이지?

문득 든 의문이었다.

조형은 여태껏 몸을 숨긴 채 활로만 상대해 왔다. 그런 유리함을 버리고 모습을 드러낸 이유가 무엇인가.

"힘들군."

주름진 노안이 무겁게 일렁였다.

조형은 가볍게 숨을 고르며 쉴 새 없이 화살을 날리기 시작했다.

휙! 퍽!

내력이 실리지 않은 화살이지만 사람을 살상하는 데는 충분하다.

한 대의 화살에 한 명의 목숨을 착실하게 끊어갔다.

"우와아!"

기세가 한풀 꺾인 것 같자 무사들이 눈을 번뜩이며 달려들기 시작했다.

조형은 차분하게 보법을 밟아가며 거리를 벌린 뒤 화살통에서 화살 세 대를 한꺼번에 시위에 메겨 날려 보냈다.

피피핑!

단번에 전방에서 달려들던 세 명의 무사가 활에 맞아 바닥에 널브러졌다.

무사들은 조형의 반경 오 장여 안으로 접근하지 못했다. 정확히 말하자면 조형이 접근을 용납하지 않았다는 뜻이 맞았다.

시간이 지날수록 애꿎은 희생자만 늘어날 뿐이었다.

싸움을 시작하고 불과 일각의 시간이 지났을 뿐이지만 삼백의 무사 중 두 발로 서 있는 이는 이백이 채 되질 않았다.

'마, 말도 안 돼.'

수염사내는 경악스런 표정으로 고개를 내저을 뿐이었다. 그러나 조형의 상태도 좋지만은 않았다.

조형은 재빨리 뒤로 손을 뻗다가 씁쓸한 미소를 지었다.

'마지막 화살인가?'

단 하나 남은 화살이었다.

'그렇다면 마지막 한 발은…….'

조형의 시선이 닿은 곳에 수염사내가 서 있었다. 아마도 이들의 수장일 터.

'힘들군.'

조금씩 내력은 밑바닥을 보이고 있었고, 아직 적의 수는 많았다.

언제까지 버틸 수 있을지가 미지수였다.

그때 수염사내가 수하들을 독려하며 외쳤다.

"포위하라!"

"시끄러워."

조형은 눈살을 찌푸리며 활시위를 당겼다.

핑!

공기를 가르는 소리와 함께 화살이 그대로 수염사내의 이마에 꽂혔다.

풀썩.

수염사내는 믿기지 않는다는 표정으로 허물어지듯 바닥에 쓰러졌다.

"…대, 대주님?"

갑작스런 상황에 무사들이 멍한 표정을 지었다. 죽은 사람이 수장이라는 사실이 더욱 그랬다.

조형은 한숨을 내쉬며 그 모습을 바라보다가 등에 메고 있던 빈 화살통을 떨궈 버렸다. 이제는 거추장스러울 뿐이었으니까.

대궁을 어깨에 걸고 옆구리에 묶여 있는 검자루로 손을 가져갔다.

'이게 얼마 만에 쓰는 거지?'

궁을 주 무기로 쓰다 보니 검에 있어서는 소홀해질 수밖에 없었다. 아무래도 손에 익지 않은 무기다 보니 부담이 됐다.

주춤.

무사들은 쉽사리 발걸음을 떼지 못했다. 아직 대주가 죽은 충격에서 벗어나지 못했기 때문이다.

"궁이 아니라 검이잖아? 해보자. 이대로 물러설 수는 없어."

그때 무사 한 명이 눈을 부라리며 앞으로 한 걸음 나섰다. 다른 무사들이 수군거리기 시작했다.

"그렇군. 검이군."

다른 무사들도 멈췄던 발걸음을 움직이기 시작했다. 그의 말대로 궁이 아닌 검이다. 그렇다는 이야기는 아까보다는 조금 할 만하다는 뜻이기도 했다.

스릉! 스릉!

이백에 가까운 병장기가 시퍼런 예기를 흩뿌리며 조형을 빙 둘러쌌다. 언제라도 달려들겠다는 기세였지만 조형의 얼굴은 평온하기만 했다. 자신이 있어서가 아니었다.

'이만하면 회주님도 멀찍이 가셨겠지?'

처음부터 이들을 이기리란 생각은 하지 않았다. 그저 다른 이들이 떠날 시간을 벌어주기 위함이었다.

"크흠⋯⋯."

'화살이 조금만 더 있었다면 좋았겠지만' 이라고 생각했지만 그것은 사치다. 화살이 무한정 있는 것도 아니었거니와 아까도 말했다시피 이제는 내력도 조금씩 바닥을 보이고 있었다.

"놈은 지쳤다."

조형은 쓸쓸한 미소를 지었다. 아닌 게 아니라 점점 몸이 힘들어져 왔다.

"우와아!"

그 순간 무사들이 벌 떼처럼 사방에서 달려들었다. 조형이 입술을 깨물며 검을 비껴들었다.

*　　　*　　　*

해월천은 고개를 갸웃거렸다.

"없다?"

시비는 고개를 끄덕였다.

"예. 나흘 전부터 없다고 하더군요."

"크흠⋯⋯."

해월천은 침음성을 삼켰다. 나흘 전부터 적연이 보이지 않는다는 이야기가 왠지 모르게 마음에 걸린다.

자신이 모아둔 서신이 사라진 것에 대해서도 곰곰이 생각해 보았지만 해월령 쪽이 아니라면 딱히 의심 갈 만한 곳이 없었다.

그간 적연이 자신에게 보여왔던 무시에 가까운 시선 때문인 지도 모르겠다.

"크흠."

해월천은 초조한 표정으로 애꿎은 손톱을 깨물었다.

'이대로라면 위험하다.'

그렇게 된다면 정말 대책이 없어진다. 그간 자신이 이뤄왔 던 모든 것이 물거품처럼 사라지게 될 것이 분명했다.

'그년……!'

해월천의 눈이 살기를 머금었다.

해월령 때문이었다. 그녀 때문에 자신이 이렇게 된 것이다.

'너만 아니었으면 지금쯤 해월가의 소가주가 되어 있을 텐 데.'

해월천은 고개를 세차게 저었다.

'될 것이다. 무슨 수를 써서라도 난 가주가 되겠어.'

그래서 자신을 첩의 자식이라 손가락질했던 모든 녀석들을 쳐낼 것이다.

결국 해월령이 문제다. 모든 것은 그녀 때문이다.

으드득.

해월천이 이빨을 갈았다.

*   *   *

"헉… 헉……."

조형은 거친 숨을 몰아쉬며 인상을 찡그렸다.

수십 명의 시신이 널브러진 한가운데에 서서 조형은 막막하다는 표정으로 주위를 살폈다.

아직 쓰러진 자보다는 서 있는 자들의 수가 훨씬 많았다.

조형은 고개를 설레설레 내젓다가 옅은 신음성을 흘렸다. 몸 전체가 욱신욱신 아파왔다.

다행히 치명상은 없었지만 이곳저곳에 자잘한 상처를 많이 입었다.

어찌 보면 당연한 결과다. 궁과 달리 검은 접근전이기 때문이다. 하지만 가장 중요한 사실은 조형이 검을 씀에 있어 서툴다는 사실이었다.

아직까지는 검에 담긴 기세로 근근이 버티고는 있었지만 언제까지 지속될지는 장담하지 못한다.

으드득.

무사 한 명이 이빨을 갈며 독한 눈빛을 뿜어냈다.

처음에는 조형의 기세에 눌린 듯했지만 시간이 지남에 따라 더욱 난폭해지고 있었다.

그 점은 조형도 조금 놀라워졌다. 제일 윗대가리가 허망하게 죽어나갔음에도 불구하고 저토록 냉정을 유지할 수 있다는 사실은 저들이 제대로 훈련을 받았다는 뜻이다.

물론 조형이 조금씩 지쳐 가는 모습도 한몫을 했겠지만.

'힘들군.'

시야가 흐릿해졌다. 단기간에 많은 힘을 쏟은 탓이었다.

조형이 정신을 추스르기 위해 고개를 내저었다. 순간 무사들이 그 틈을 놓치지 않고 사방에서 달려들었다.

'아차!'

조형이 입술을 꽉 깨물었다. 하필이면 이런 상황에서라니.

'피할 수가……'

낭패였다. 이대로라면 검에 맞을 수밖에 없다.

그야말로 절체절명의 상황.

콰직!

"억!"

무사들의 뒤쪽에서 비명 소리가 들려온 것은 갑작스런 일이었다.

조형과 주위를 둘러싸고 있던 이들의 시선이 뒤쪽으로 향했다.

털썩.

무사 한 명이 피를 뿜어내며 꼬꾸라지고 있었다.

그곳에는 한 사내가 서 있었다.

"선배, 검 솜씨는 별로군."

"자네?"

적연은 어깨를 으쓱했다. 조형은 눈살을 찌푸렸다.

"도와주러 온 건가?"

"그렇다기보다는."

적연은 붉게 물든 검을 휘둘러 피를 떨어내며 무사들을 쭉 둘러보았다.

"이 영감 목숨은 내 거야."

조형은 허탈한 웃음을 터뜨렸다. 실로 엉뚱한 녀석이다.

무모하다고 해야 할까, 아니면……

'뼛속까지 무인.'

정치색을 띠며 타락한 현재의 무림인들과는 정반대의 길을 가고 있다. 어찌 보면 거칠기 그지없지만 그만큼 순수하다는 뜻일는지도 모른다.

멋지지 않은가. 그에게 있어서 권력 따위는 하찮은 문제에 불과하다. 강함을 향해 탐욕스러운 욕망은 매력적이다.

"어쩌지?"

무사들은 잠시 서로 간에 눈치를 살피다가 고개를 끄덕이며 반으로 쪼개 달려들었다.

적연은 검을 비껴들며 그대로 적들을 향해 돌진했다.

휘이잉!

두 손으로 쥐어진 강검이 수평으로 휘둘러지며 무사들을 그대로 찢어발겼다.

푸악!

피가 튀며 옷이며 얼굴에 왈칵 묻었다. 하지만 적연의 검은 멈추지 않았다. 앞을 막아서는 것은 모조리 검으로 베어버렸고, 발로 차며 우직하게 돌진했다.

'대단하군.'

그 모습을 바라보던 조형은 놀란 표정을 지었다.

무식하다고 볼 수도 있는 모습이었으나 조형에게는 신선한 충격이었다. 현란한 초식은 필요없다. 압도적인 강함으로 그대로 쓸어버린다.

조형은 미소를 지었다.

"대책없는 녀석에게 찍힌 것일는지도 모르겠군."

왠지 기뻤다.

"이야아!"

그때 무사가 조형을 향해 검을 휘둘러 왔다.

"질 수는 없지."

조형은 미소를 지으며 마주 검을 휘둘렀다.

챙! 하는 소리와 함께 무사의 검을 쥐고 있던 팔이 튕겨졌다. 조형은 그 틈을 놓치지 않고 예리한 검날로 목을 베어버렸다.

그렇게 얼마나 싸웠을까. 적연과 조형은 등을 마주 댄 채 사방의 적과 대치하게 되었다.

적연은 숨을 고르는 와중에 조형을 향해 빈정거리듯 말했다.

"이까짓 놈들한테 밀리는 선배는 뭐요?"

"화살이 떨어지지만 않았어도 문제없었다네."

적연은 실소했다.

"역시 선배는 활이 없으면 별 볼일 없군."

"위아래 없는 것은 여전하구먼."

조형은 고개를 설레설레 내저으며 검을 곧추세웠다. 적연은 어깨를 으쓱하다가 툭 던지듯 말문을 열었다.

"선배, 죽지 마시오."

팍!

그 말과 동시에 적연이 앞으로 튀어나가며 무사들과 맞부딪쳐 갔다.

쿵!

적연의 어깨가 한 놈의 몸을 들이박았다. 그와 동시에 검이 사방의 모든 것을 가르며 지나갔다.

"타앗!"

갑자기 적연의 뒤에서 기합 소리와 함께 살기가 느껴졌다.

"흥!"

적연은 순간적으로 무릎을 구부렸다.

후웅! 하는 소리와 함께 날카로운 검이 애꿎은 허공을 갈랐다. 그 틈을 놓칠 리 없는 적연이 몸을 일으키며 팔꿈치를 휘둘렀다.

우적! 하는 소리와 함께 적연의 팔꿈치가 적의 입 안에 들이박혔다.

"어억!"

적연의 팔꿈치가 뽑혀 나오자 엉망으로 함몰된 무사의 입에서 부러진 이빨이 뭉창 쏟아졌다.

"아악!"

단말마의 비명 소리와 함께 공격을 받은 무사가 입을 감싸 안으며 바닥에 주저앉았다. 적연은 곧바로 보법을 밟아나가며 검을 휘둘렀다.

"막아!"

챙! 슈가각!

검이고 창이고 간에 소용이 없었다. 막는 것은 모조리 베어 버렸다.

쾅!

"으아악!"

힘이 잔뜩 들어간 적연의 발길질에 또 한 놈이 뒤로 나가떨어졌다.

그렇게 얼마나 싸웠을까.

"빌어먹을."

적연이 검을 들어 보이며 낮은 욕설을 터뜨렸다.

'이제는 이 검도 못 쓰겠군.'

검날은 이가 많이 나간 상태였다.

찰칵.

적연은 검집에 검을 밀어 넣으며 허리춤에 달려 있는 사슬 낫을 풀어 날렸다. 그와 함께 적연의 발놀림이 바빠졌다. 그는 한 발을 축으로 몸을 빙글빙글 돌렸다.

윙! 위잉!

적연의 몸을 따라 사슬 낫이 수평으로 돌며 주위로 달려들어 오던 적들을 베어버렸다.

파바밧!

사슬 낫을 쥐고 있는 손에 느껴지는 감촉이 섬뜩했다. 살 속을 파고들 때에 느껴지는 미묘한 저항감이 피를 끓어오르게 만들었다.

"죽어!"

천신만고 끝에 공격을 피한 한 놈이 적연을 향해 몸을 잔뜩 웅크린 채 달려들었다.

번들거리는 두 눈동자는 복잡한 감정을 뿜어내고 있었다. 죽을지도 모른다는 두려움과 함께 동료들에 대한 복수심이다.

차르륵!

적연이 쭉 뻗은 팔을 당기자 사슬 낫이 몸쪽으로 당겨 들어왔다. 적연은 팔을 들어 사슬 끝에 매달려 있던 낫을 발로 찼다.

탕! 차륵!

순간 사슬 낫이 쭉 풀리며 직선으로 나아가 달려들던 녀석의 미간에 꽂혔다.

털썩.

적연은 사슬 낫을 당겨 회수하고는 머리 위에서 빙글빙글 돌렸다. 살기에 번들거리는 눈동자가 다른 먹잇감을 찾고 있었다.

"흐음… 잘하는군."

한편, 조형은 연신 검을 휘두르는 와중에 적연의 모습을 바라보았다.

"그렇다면 나도 질 수는 없지."

조형의 기세가 한층 거세졌다.

까악! 까악!

까마귀들이 황혼이 진 대로에 가득 찬 시신들 위로 내려앉아 살을 파먹었다.

"헉… 헉……!"

"후욱! 후욱!"

두 개의 거친 숨소리는 시신들의 무리 한가운데에 서 있는 두 남자의 입에서 뿜어져 나오고 있었다.

조형과 적연은 피곤에 찌든 얼굴로 몸을 숙인 채 연신 숨을 헐떡거렸다.

"괜찮소?"

적연의 물음에 조형은 이마에 솟은 땀을 닦아내며 대답했다.

"자네는?"

"아직까지는."

적연의 말에 조형은 고개를 끄덕이다가 심각한 표정으로 하늘을 바라보았다.

"결국 전서구를 놓쳤군."

혼전 중에 전서구가 날아올랐다. 아마도 이 상황을 보고하기 위해서일 것이다. 조형은 입맛이 쓰다는 표정을 지었다. 화살이 남아 있었다면 충분히 떨어뜨릴 수 있었기 때문이다.

적연은 이마에 솟은 땀을 닦아내며 대답했다.

"아, 아… 상관없소."

조형은 고개를 갸웃거리다가 어깨를 으쓱했다.

"무언가 노리고 있는 것이 있는 모양이로군."

"뭐, 그런 셈이지."

적연은 잠시 숨을 고르다가 굽히고 있던 허리를 펴며 걸음을 옮기기 시작했다.

"어딜 가나?"

조형의 물음에 적연이 손을 가볍게 내저었다.

"일 끝났으니 난 가오."

"그냥 이대로?"

"몸조리나 잘하시오, 선배."

'다음에 볼 때까지'라는 말은 빠졌지만 생략한 것일 터. 조형은 피식 미소를 지었다.

＊　　　＊　　　＊

해월천은 눈을 동그랗게 뜨며 고개를 내저었다. 믿을 수 없다는 표정이었다.

"말도 안 된다."

몰살이라는 소식은 분명 예상치 못한 결과였고, 충격적이었다.

시비는 자신의 팔 위에 앉은 비둘기의 머리를 쓰다듬을 따름이었다.

"도대체 어떻게?!"

몰살을 당할 수가 있느냔 말이다.

"궁을 든 영감과 복면을 쓴 사내 단 두 명에게 당한 것 같습니다."

"놈들의 본거지는 구경도 못했다는 건가?"

두 명에게 삼백이 당한다는 것부터가 말이 안 된다고 생각했다. 해월천은 애꿎은 손톱을 깨물다가 궁을 든 노인을 생각해 냈다.

사람 좋은 인상을 한 노인은 분명 장로라고 했다. 그때는 별 것 아닌 인물로 봤건만 이런 식으로 결과가 돌아오게 될 줄은 몰랐다.

그때 문이 열리더니 시종 한 명이 다가와 해월천의 귀에다가 대고 속삭였다.

"적연이 왔습니다."

"……!"

하필이면 이런 때라니…….

"크윽……."

"일단은 돌려보낼까요?"

"아니다."

해월천은 몸을 일으켰다.

전각에 앉아 있던 적연은 해월천을 바라보며 의미 모를 미소를 지었다.

"왔는가?"

해월천의 말에 적연이 가볍게 고개를 끄덕였다.

"차를 내올까요?"

어느새 시비가 옆에 와 물었다. 해월천은 적연을 바라보며 어찌하겠느냐는 표정을 지었다.

"좋소."

"내오거라."

"예."

시비는 예를 취한 뒤 차를 내오기 위해 발걸음을 옮겼다.

해월천은 턱가를 매만지며 적연에게 물었다.

"웬일인가?"

"오면 안 되오?"

"아니, 그런 것은 아닐세. 단지……."

"부르지도 않았는데 먼저 온 것이 의아스럽다?"

"그래."

적연은 미소를 지었다.

때마침 시비가 차를 내왔다. 적연은 찻잔을 들며 말문을 열었다.

"누이한테 재미있는 짓을 많이 하셨더군."

달그닥.

해월천의 손에 들려 있던 찻잔이 탁자 위로 떨어졌다.

적연의 입가에 걸려 있던 미소가 짙어졌다. 그는 차를 한 모금 마신 뒤 몸을 일으켰다.

"단지 그 말을 하고 싶었을 뿐이야."

경악에 찬 표정을 짓고 있는 해월천을 뒤로하고 적연이 걸음을 옮겼다.

"거기 서."

"할 말이라도?"

"무, 무슨 소리를 하고 있는 거지?"

"몰라서 묻나?"

적연의 대답에 해월천의 두 눈이 싸늘하게 식었다.

"…어디까지 알고 있나?"

"모두 다. 그리고 아직은 걱정 마시오. 아직은."

적연은 어깨를 으쓱하며 잠시 멈췄던 걸음을 다시 옮겼다.

으드득.

해월천이 이를 갈며 주먹으로 탁자를 힘껏 내려쳤다.

"우와아!"

탁자 위에 있던 것들이 모두 밑으로 내동댕이쳐졌다.

"……."

시비는 무표정한 얼굴로 그 모습을 바라보고 있었다. 이윽
고 거칠게 몰아치던 해월천의 감정이 조금은 누그러졌다.

"놀림당한 건가? 그런가?"

시비는 아무런 대답도 하지 않았다.

해월천은 잠시 심호흡을 하다가 시비를 바라보았다.

"거슬리는군."

"알겠습니다."

시비는 예를 취하며 뒤로 물러섰다.

第十四章

야욕의 끝

龍
劍風

"잘 다녀왔어요?"

해월천을 만나고 돌아왔을 무렵 적연의 방 앞에 서 있던 해월령이 반가운 미소를 지으며 맞이했다.

"무슨 일은?"

"에?"

해월령이 눈을 끔벅였다. 적연은 고개를 끄덕이며 나지막한 목소리로 중얼거렸다.

"다행이군."

"무슨 소리예요?"

"…아무것도. 그것보다 좀 피곤한데."

"아, 그래요? 쉬세요."

"그럼 이만."

적연은 자신의 처소로 들어와 침상에 앉았다. 그때 어둠 속에 가려져 있던 미친개와 지여선이 모습을 드러냈다.

"형님."

"별다른 일은?"

"꽤 있었지요."

"구체적으로 말해봐."

이번에는 지여선이 앞으로 나섰다.

"이것저것 날파리들이 많이 왔다 갔다 하더군요. 적연님이 사라지신 것에도 꽤나 민감하게 반응하던데요?"

적연은 짙은 미소를 지으며 고개를 끄덕였다. 그러고 보니 자신을 보자마자 꽤나 동요하는 듯한 표정이었다.

'그래서였군.'

"이제는 어떻게 하실 겁니까?"

"흐음……."

적연은 팔짱을 끼며 잠시 생각하는 듯하다가 말문을 열었다.

"조금씩 압박해 들어가야지."

"괜히 들쑤시는 건 아닐까요?"

미친개가 걱정스러움이 묻어나는 표정으로 물었다. 적연은 피식 웃으며 어깨를 으쓱했다.

"몰아붙이면 들썩이게 되어 있지."

"예."

"둘은 계속해서 해월령 옆에 붙어 있도록 하고."

미친개와 지여선이 고개를 끄덕였다.

그날 저녁, 적연의 처소 안으로 어두운 그림자가 나타났다.

야행복을 입은 정체불명의 살수가 처소 안을 살피다가 침상에 누워 잠들어 있는 적연을 발견했다.

눈꼬리가 가늘어진 살수가 소리없이 발걸음을 옮겼다.

이윽고 침상에 도착한 살수가 곤히 잠든 적연의 얼굴을 내려다보며 품을 뒤적였다.

이윽고 품에서 빠져나온 손 위에는 묵색 빛을 띤 자그만 알약이 들려 있었다.

살수의 손이 적연의 입 쪽으로 살그머니 다가갔다. 이윽고 적연의 입 언저리까지 가까워졌을 무렵,

턱.

적연의 손이 살수의 손목을 단단히 움켜쥐었다.

"……!"

살수의 몸이 크게 흔들림과 동시에 감겨 있던 적연의 눈이 떠졌다.

"해월천이 보냈나?"

탁!

순간 살수가 잡힌 손을 잡아챘지만 빠지지 않았다. 적연의 악력은 엄청났다.

피웃!

안 되겠다 싶었는지 살수가 잡히지 않은 자유로운 손으로 적연의 목을 찔러 들어갔다.

적연은 여유로운 표정을 지으며 살수의 공격을 쉽사리 피해 냈다.

픽!

엄청난 소리와 함께 살수의 손이 침상을 뚫어버렸다. 적연은 휘파람을 불며 감탄성을 터뜨렸다.

"대단하군."

쩍!

적연의 손바닥이 살수의 가슴을 후려쳤다.

"커억!"

살수가 앓는 소리를 내며 몸을 휘청했다.

그 순간 적연이 눈을 동그랗게 떴다. 손바닥에 느껴진 부드럽고 말캉한 촉감 때문이었다.

"여자?"

가만히 보니 야행복으로 드러난 몸의 굴곡도 그러했다. 가슴은 볼록하게 솟아 있었고 허리는 너무나 가늘었다. 순간 살수가 손을 빼내며 뒤로 물러섰다.

적연은 눈살을 찡그렸다. 생각해 보니 살수가 꼭 남자란 법은 없다.

"마음에 안 드는군."

뿌득.

적연의 주먹이 꽉 움켜쥐어졌다.

퉁!

그 순간 적연이 땅을 박차며 앞으로 달려들었다. 순간 살수가 몸을 띄우며 뒤로 한 바퀴를 돌았다.

적연은 몸을 급격하게 멈추며 허리를 뒤로 쭉 뺐다. 그와 동시에 살수의 발끝이 적연의 이마 바로 앞을 스치고 지나갔다.

탁!

팔랑!

앞 머리카락 몇 개가 너풀거리며 바닥에 떨어졌다.

"호오."

살수의 발끝에 자그만 검날이 삐져 나와 있었다. 아마도 발바닥에 붙여놓은 것이리라.

"재미있군."

적연은 혀로 마른 입술을 적시며 자세를 잡았다. 살수는 검을 비스듬히 치켜세우며 슬며시 옆 걸음질로 틈을 살폈다.

그렇게 잠시간의 침묵이 흘렀을 무렵이다.

덜컹!

바깥바람에 방문이 덜컥였고, 그 순간 살수가 적연을 향해 달려들었다.

파밧!

땅을 박차고 달려든 살수가 공중에 뜸과 동시에 다섯 번의 발길질을 날렸다. 적연은 가볍게 양손을 휘두르며 공격을 모조리 쳐냈다.

"악!"

순간 살수가 뾰족한 비명성을 토해냈다. 적연이 손을 뻗어 발목을 꽉 움켜쥔 탓이었다.

적연의 손아귀에 순간적으로 힘이 가해졌다.

까드득! 하는 소리와 함께 살수의 눈이 더 이상 커질 수 없을 만큼 동그래졌다.

"꺄악!"

찢어지는 비명 소리가 터져 나왔다. 적연의 눈에서 짙은 살기가 뿜어져 나왔다.

으적!

살수의 목이 뒤로 꺾여졌다. 적연은 마지막 공격을 가하려다가 손을 회수했다.

죽어버리면 아무런 소용이 없었다.

털썩.

살수가 바닥에 널브러졌다. 한동안은 정신을 차릴 수 없을 것이다.

"흐음."

적연은 가볍게 한숨을 내쉬며 바닥에 쪼그리고 앉아 손을 뻗었다. 살수의 복면을 벗기기 위함이었다.

핏!

그때 정신을 잃은 줄 알았던 살수의 손이 수직으로 쳐올려졌고, 적연은 황급히 뒤로 물러섰다.

주륵.

콧잔등이 시큰해지며 적연의 입가에 쌉싸름한 피가 흘러들어 왔다. 적연은 소매로 코 주위를 슥 닦으며 눈가를 찡그렸다.

"아직 움직일 수 있다고?"

즉사시킬 정도의 힘은 아니었지만 이토록 빠른 시간 내에 움직일 수 있으리라고는 생각하지 못했다.

탁!

살수가 단번에 허리를 튕겨 몸을 일으켰다. 적연은 가볍게 심호흡을 한 뒤 몸을 수그리며 팔을 뻗었다.

퉁! 하는 소리와 함께 살수가 뒤로 쭉 밀리다가 널브러졌다.

탁!

그러나 이번에도 마찬가지였다. 적연은 질렸다는 표정으로 고개를 설레설레 내저었다.

'도대체 어떻게 돼먹은 녀석이지?'

파바밧!

살수가 적연에게 달려들며 어지러이 공격을 날렸다.

피웃!

적연은 자신의 목젖을 노리고 들어오는 주먹을 피하며 옆으로 쳐냈다. 팔이 돌아가는 방향에 따라 살수의 몸이 잠시 기우뚱했다.

"훙!"

적연은 그 틈을 놓치지 않고 안으로 파고들며 명치 부위에 주먹을 찔러 넣었다.

"카악!"

순간적으로 숨이 턱 막힌 살수가 눈을 부릅뜨며 명치 부위를 두 손으로 틀어쥐었다. 반사적인 행동이었다.

적연은 두 손을 뻗어 살수의 목을 틀어쥐고 아래쪽으로 누르며 무릎을 차 올렸다.

쩡! 하는 소리와 함께 적연의 무릎이 살수의 안면에 틀어박혔다.

'또 일어나겠지?'

적연은 독하게 마음먹고 거듭해서 공격을 가했다. 살수의 몸이 연신 크게 들썩였다.

그렇게 얼마나 시간이 지났을까.

털썩.

살수가 양 무릎을 꿇으며 바닥에 꼬꾸라졌다.

"씨익… 씨익……."

가는 숨소리는 금세라도 꺼질 듯 미약했다. 적연은 그 모습을 내려다보며 눈을 번뜩였다. 그때 살수의 몸이 꿈틀거렸다.

팍!

적연은 입술을 으적 깨물며 살수의 머리를 짓밟았다.

"끄윽……!"

살수는 옅은 신음성을 흘리면서도 필사적으로 팔을 휘저었나.

적연은 질렸다는 표정으로 살수를 내려다보았다. 그때 방문이 열리며 미친개가 뛰어들어 왔다. 그 뒤로는 해월령이 뒤따르고 있었다.

미친개는 이미 알고 있었다는 표정이었지만 해월령은 그렇지 못했다.

"이, 이게 대체?"

당혹스러워 보이는 해월령을 한번 바라본 적연은 미친개에게 시선을 주며 말문을 열었다.

"묶을 것 좀 가져와."

"예."

미친개는 황급히 밖으로 나가 굵은 밧줄을 가지고 들어와 살수가 움직이지 못하도록 포박했다.

"생각보다 길게 걸렸는데요?"

"음… 끈질긴 여자더군."

그렇게 생각할 수밖에 없었다. 그토록 엉망으로 당하고도 아직까지 눈에는 살기가 가라앉지 않고 있다.

적연은 한숨을 내쉬며 살수를 바라보다가 미친개에게 눈짓을 했다. 그만 나가보라는 뜻이었다.

"예, 형님."

미친개는 머쓱한 표정으로 머리를 긁적이며 방을 나섰다. 이제 남은 이는 해월령뿐이었다.

"놀랐나?"

"사, 살수라니요? 도대체 왜?"

적연은 비릿한 미소를 지으며 살수의 복면 자락을 움켜쥐고 벗겼다. 그리고 드러난 얼굴에 해월령의 눈이 동그랗게 떠졌다.

"다, 당신은?"

그녀는 바로 해월천의 옆에서 시중을 들던 시비였다. 적연 역시 미미한 신음성을 흘렸다.

"뭐가 도대체 어떻게 돼가고 있는 거지요?"

"당신의 동생."

"천이?"

"난 거슬리는 존재니까, 당신을 없애 버리는 데 있어서."

해월령은 뭐가 뭔지 모르겠다는 표정이었다. 쉽사리 이해할 수 없는 것이 당연했다.

적연은 품에서 서신 두루마리를 꺼내 해월령에게 건네주었다.

"아……!"

안의 내용을 살피던 해월령이 믿을 수 없다는 탄성을 내질렀다. 적연은 팔짱을 끼며 엉망으로 당한 시비에게 다가갔다.

"그래, 날 죽이라 명하던가?"

"크윽!"

시비는 독한 표정을 흘리며 혀를 내밀었다. 순간 적연의 손이 그녀의 양 볼을 짓눌렀다.

"혀를 깨물다니, 안 될 말이지."

적연은 비릿한 미소를 지었다. 그리고 혀를 깨물지 못하도록 재갈을 물렸다.

이렇게까지 된 이상 심문을 하고 말 것도 없었다. 시비 그 자체로도 훌륭한 증거였다.

툭.

해월령의 손에 쥐어져 있던 서신 꾸러미가 떨어져 어지러이 널렸다. 이제야 내용을 다 살핀 것이다.

적연은 팔짱을 끼며 말문을 열었다.

"어때?"

"이건 말도 안 돼요! 그럴 리가 없다고요!"

"말이 돼."

적연은 어깨를 으쓱했다.

"한 가지 궁금한 것은… 어째서지?"

"모르겠어요!"

해월령은 발악적으로 고개를 내저었다. 진심으로 모르겠다기보다는 생각하고 싶지 않은 것이 틀림없었다.

적연은 가볍게 한숨을 내쉬다가 운을 떼었다.

"한 가지 짚이는 바가 있기는 하오."

예전 미친개에게 들은 적이 있다.

"당신네 해월가는 가주를 정하는 데 있어 전통이 있다더군."

순간 해월령의 눈이 동그랗게 떠졌다. 어떻게 그것을 알고 있느냐는 물음이었다.

"지금은 그런 것이 중요한 게 아니니까."

적연은 슬며시 화제를 자신 쪽으로 이끌었다.

해월령은 손톱을 물어뜯었다. 어깨가 떨리는 것이 심적으로 상당히 동요된 눈치였다. 안 되겠다 싶었는지 적연이 약간 언성을 높였다.

"어서!'

움찔.

거의 울 듯한 표정의 해월령이 적연을 바라보았다.

"맞아요. 우리 해월가는 차기 가주를 정하는 데 있어 자식이 둘 이상일 경우 성별을 막론하고 철저히 능력을 봐요."

적연은 고개를 끄덕였다.

해월천의 행동이 이해가 갔기 때문이다.

"왜 해월천은 당신을 죽이기 위해 그토록 많은 살행을 의뢰했을까? 정답은 간단해."

적연은 말을 멈추며 해월령을 바라보고는 말을 이었다.

"걸림돌이기 때문이지."

해월령은 양팔로 자신의 어깨를 감싸며 고개를 내저었다.

"그, 그럴 리가……."

적연의 눈이 차가워졌다.

"순진하기는."

그리고 해월령의 눈에 맺혀 있던 눈물이 볼을 타고 흘러내렸다.

"천이와 저는 부모가 달라요."

해월천은 소위 말하는 서첩의 자식이었다. 그리고 당연한 결과지만 해월가의 윗사람들은 그를 인정하려 하지 않았다.

다만 한 사람, 해월령의 아버지만큼은 해월천을 옹호하려

했다. 여러 가지 일이 있었지만 결국 해월천은 해월가로 들어오게 되었다.

"안 봐도 뻔하군."

아마도 꽤나 손가락질을 받았을 것이 분명했다.

"하지만 천이의 재질은 그야말로 천재적이었지요. 반대하던 윗어르신들마저 매혹시킬 수 있을 만큼요."

"흐음……."

적연은 고개를 끄덕였다.

"차기 가주의 후보로 인정을 받은 것이군."

"…예."

해월령은 고개를 끄덕였다. 적연은 팔짱을 끼며 호흡을 골랐다.

"지금의 문제는 그자가 꽤나 궁지에 몰렸다는 사실이지."

맹 내에서 살수를 보내올 줄은 몰랐다. 초조해하고 있다는 사실에 대한 명확한 증거가 아닌가.

해월령은 조심스러운 표정으로 적연을 바라보다가 물었다.

"천이를 어쩌실 생각이죠?"

"볼 것도 없지."

일고의 가치도 없다는 적연의 말에 해월령의 안색이 새하얗게 질렸다.

"안 돼요!"

"뭐가 안 되지?"

적연의 표정은 싸늘하기 그지없었다. 왠지 짜증이 치솟았다.

해월령은 안달하듯 적연의 손을 부여잡으며 매달렸다.

"천이를 죽이지 말아요!"

적연은 눈을 동그랗게 떴다.

"죽여? 누가 누굴?"

"에?"

해월령이 눈을 끔벅였다. 적연은 허탈한 표정을 짓다가 어깨를 으쓱하며 말했다.

"착각하지 마."

"에?"

적연은 의미심장한 미소를 지었다.

"난 당신에게 고용된 사람이야."

해월령은 멍한 표정을 지었다.

"나에게는 아무런 결정권이 없다는 소리지."

적연은 피식 미소를 짓다가 말을 이었다.

"결정을 해야 할 사람은……."

적연은 말끝을 흐리며 해월령을 바라보았다. 그녀는 입술을 꽉 깨물었다.

"난……."

"흥."

적연은 뒷짐을 지며 몸을 돌렸다. 해월령은 고개를 푹 떨궜다.

"아직도 믿을 수가 없어요."

"믿고 싶지 않은 거겠지."

"그렇게 차갑게 말하지 말아요. 내 동생이란 말이에요."

"당신을 죽이려 했던 놈이기도 하지."

으적.

해월령의 입술에 맺힌 피가 턱 끝에 맺혔다.

해월령은 한참을 고민했다. 이대로 내버려 둘 수는 없는 일이다. 그녀도 인간인 이상 화가 나지 않을 수 없다.

그러나 동생이기도 했다.

"…정했어요."

한참의 시간이 지났을 무렵 해월령이 고개를 들었다. 그녀는 바닥에 떨어진 서신을 주섬주섬 주워 들어 품에 넣었다.

"…갈게요."

해월령은 힘없는 목소리로 중얼거리며 방을 나섰다.

탁.

적연은 가만히 고개를 돌려 벽에 포박되어 있는 시비를 바라보았다.

쏴아아!

적연의 눈이 음산하게 가라앉았다.

*　　　　*　　　　*

해월령은 가만히 정문 앞에 섰다.

쉽사리 발걸음이 떨어지지 않았다.

"아가씨!"

때마침 빗자루를 들고 나오던 일꾼이 해월령을 발견하고는 외쳤다. 해월령은 쓸쓸한 미소를 지으며 고개를 끄덕였다.

"어서 들어오십시오."

"아버님은?"

"계십니다."

해월령은 고개를 끄덕인 뒤 일꾼을 지나쳐 해월가 안으로 들어갔다.

"제가 안쪽에 일러놓겠습니다."

"됐어."

그녀는 지체없이 자신의 아버지가 업무를 보는 대전으로 걸어갔다.

대전으로 들어가자 현 해월가의 가주인 해월산이 그녀를 맞아주었다.

"음?"

해월산은 고개를 갸웃거리며 해월령을 바라보았다. 무림맹 내에 있어야 할 아이가 온 것도 그러하지만 얼굴에 깃든 심각한 표정이 꺼림칙했다.

"무슨 일이더냐?"

"아버님……."

제대로 말조차 잇지 못하는 해월령의 모습에 해월산의 얼굴

이 굳어졌다. 막상 해월산에 앞에 선 해월령은 쉽사리 말문을
열 수가 없었다.

"무슨 일이냐고 묻지 않았더냐?"

"그, 그게……."

"답답하구나."

해월산이 거듭해서 닦달하자 해월령은 떨리는 손으로 품에
서 서신을 꺼내 들었다.

"그것이 무엇이지?"

"…읽어보세요."

해월령의 말에 해월산은 두루마리를 받아 들고 안의 내용을
살피기 시작했다.

"헉!"

첫 번째 서신을 살피던 해월산이 숨 막히는 탄성을 토해냈
다. 그는 믿을 수 없다는 표정으로 해월령을 바라보았다.

해월령은 고통스러운 표정으로 눈을 지그시 감았다.

해월산은 혼란스러운 손놀림으로 서신들을 하나둘 살폈다.
얼굴은 점점 혼란스러움과 경악으로 물들어갔다.

그렇게 얼마나 시간이 지났을까. 해월산이 부들부들 떨리는
손길로 서신을 의자 옆에 놓여 있는 탁자 옆으로 놓으며 중얼
거렸다.

"이, 이것이 대체……."

"천이가… 천이에게 있어서 저는 걸림돌일 뿐이었나 봐요."

해월산은 손으로 얼굴을 덮으며 의자에 몸을 기댔다.

한숨과 탄식만이 해월령과 해월산의 사이에 오갔다. 하지만 이대로 묵과할 수는 없는 일이다.

해월산은 힘없는 어조로 대전 밖을 향해 말했다.

"장로님들을 모두 모셔라! 한 분도 빠짐없이 지금 당장!"

"복명!"

곧바로 바깥에서 대기하고 있던 시종들이 각 장로들을 소집하러 달려갔다.

"난 아직도 믿을 수가 없구나."

"저 역시 그래요."

침울하기 그지없는 해월령의 말에 해월산은 한숨을 내쉬었다.

"어떻게 알게 되었니?"

"저를 지켜주시는 분이 있어요."

해월산은 고개를 끄덕였다. 서로 떨어져 있다고는 하나 여식이다. 그런 것쯤은 알고 있었다.

"그자가?"

"예."

"큭……."

"어떻게 해야 할지 감이 잡히질 않았어요. 하지만 일이 이지경까지 되어버리니까 저는… 저는……."

해월산은 의자에서 몸을 일으켜 해월령에게 다가왔다.

"괜찮다. 더 이상 이야기하지 않아도 좋아."

"흐흑."

해월산은 떨리는 해월령의 등을 부드럽게 쓸어주었다.

"아주 현명한 선택을 한 거야."

이 같은 이야기가 바깥에 알려지지 않은 것이 천만다행이었다. 만약 그렇게 된다면 해월가의 위신은 그야말로 땅바닥으로 추락하는 꼴이 될 테니까.

그리고 잠시 후, 장로들이 대전으로 모여들었다.

아직 지금의 상황을 모르는 장로들은 훌쩍이는 해월령을 바라보며 의아한 표정을 지었다.

"령아?"

장로 중 가장 연장자인 해월문이 해월령에게 다가오며 물었다.

해월령은 얼른 눈가에 맺힌 눈물을 훔치며 장로들에게 예를 올렸다.

"해월령이 장로님들을 뵙습니다."

"가주, 이건 도대체?"

"일단 모두들 착석해 주십시오."

심각한 해월산의 말에 장로들은 군말없이 의자에 앉았다.

"무슨 일이신가?"

해월문의 말에 해월산이 서신을 건네주었다.

서신 안의 내용을 살피던 해월문의 반응 역시 해월산과 다를 것이 없었다.

"뭐라고 쓰여 있습니까?"

다른 장로들이 궁금함을 참지 못하고 해월문에게 물었다.

"크윽!"

해월문은 서신을 내려놓더니 탁자를 쾅! 내려쳤다.

"천이 그놈이!"

그가 뿜어내는 엄청난 노기에 옆에 있던 장로들이 흠칫 놀랐다. 침착하기 그지없던 해월문이었기에 그 여파는 더욱 컸다.

장로들이 서둘러 서신들을 돌려 보았다.

놀라움과 경악, 그리고 분노가 대전 안을 휩쌌다.

해월문이 해월산을 바라보았다.

"이것이 사실인가?"

"…그런 것 같습니다."

해월산은 면목이 없다는 표정으로 얼굴을 떨궜다. 그때 탁자 오른쪽 중앙에 앉아 있던 삼장로 해월공이 눈썹을 파르르 떨며 말했다.

"그러니까 처음부터 그런 녀석은 받아들이면 안 된다 말씀드리지 않았소!"

해월공의 말에 옆에 앉아 있던 장로들이 고개를 끄덕이며 동조했다. 해월공은 눈을 부라리며 맞은편에 앉아 있는 장로들을 노려보았다.

해월천을 지지했던 측의 장로들이었다.

"험험……."

친 해월천파의 장로들은 저마다 헛기침을 토하며 고개를 돌렸다. 하지만 유독 한 사람, 해월문의 바로 밑 연배인 해월회가 해월령을 바라보며 추궁했다.

"이게 정녕 사실이더냐? 난 솔직히 믿을 수가 없구나."

"맞소이다!"

"천이는 그럴 아이가 아니외다!"

해월회의 말에 힘을 받아서일까, 해월천을 지지했던 장로들이 하나둘 들고 일어섰다.

해월령을 지지하던 해월공과 장로들 역시 지지 않고 언성을 높였다.

삽시간에 대전 안이 핏발 선 설전으로 소란스러워졌다. 보다 못한 해월문이 분노를 터뜨렸다.

"모두들 그만 하시오!"

"……"

"……"

장로들의 말문이 막혔다.

"이 같은 문제를 앞에 두고 서로 자기 주장들만 내세울 수 있소? 모두들 부끄러운 줄 아시오!"

해월문의 입바른 소리에 장로들이 얼굴을 붉히며 고개를 떨궜다. 일단 상황이 진정 국면에 접어들자 해월문이 가주인 해월산에게 시선을 주었다.

"일단 천이를 불러들이시게. 어떻게 된 건지 직접 들어야겠어."

"예."

해월산이 고개를 끄덕였다.

해월천이 불려오는 데는 그리 오랜 시간이 걸리지 않았다.

"무슨 일이십니까?"

입가에 미소까지 띤 채 들어오는 해월천의 얼굴에 장로들은 싸늘한 표정을 지었다.

해월산은 해월천을 바라보며 서신 꾸러미를 들어 보였다.

흠칫!

해월천의 발걸음이 뚝 멈춰졌다.

'올 것이 왔군.'

말 그대로 심장이 덜컥 멈춰지는 것 같은 느낌이었다.

"천아."

눈물을 머금고 있는 해월령의 얼굴은 현재의 복잡한 심정을 담고 있었다.

해월천이 고개를 설레설레 저으며 뒷걸음질을 쳤다.

"거기 서거라."

해월산의 말에도 불구하고 해월천의 걸음은 멈춰지지 않았다. 그 순간 문 앞에 시립해 있던 호위무사 두 명이 해월천에게 다가왔다.

해월천은 입술을 꽉 깨물더니 갑자기 문을 향해 몸을 날렸다.

"잡아라!"

다급한 해월산의 말과 함께 호위무사들이 해월천에게 달려들었다. 그 순간 해월천이 일장을 뻗었다.

펑!

"크억!"

호위무사 중 한 명이 일장을 얻어맞고 바닥에 나뒹굴었다.

뜻밖의 상황에 장로들이 벌떡 몸을 일으켰다. 그리고 해월산의 분노가 폭발했다.

"해월천!"

하지만 해월문의 움직임이 한발 더 빨랐다.

콰직!

해월천은 얼굴에 일장을 얻어맞고 허물어지듯 바닥에 주저앉았다.

뚝… 뚝… 뚜둑.

해월천의 코에서 코피가 흘러나와 땅바닥에 떨어졌다.

"네가 감히……!"

해월문은 해월천을 내려다보며 노기 어린 표정을 지었다. 해월천을 지지하던 해월회를 비롯한 장로들이 고개를 떨궜다.

빼도 박도 못하는 상황이 아닌가. 절망감과 함께 그간 지지해 왔던 해월천에 대한 배신감이 흘렀다.

해월산은 한숨을 내쉬었다. 서신을 들어 보이자마자 보인 행동만으로도 모든 것이 증명된 셈이었다.

"정녕 이것이 사실이더냐?"

해월천은 대답하지 못했다. 해월산은 괴로운 어조로 말했다.

"침묵은 곧 긍정인 법. 더 볼 것도 없구나."

자신의 피가 섞인 엄연한 자식이다.

"…도대체, 도대체 왜 그랬더냐?"

해월천은 자신의 코를 매만지며 얼굴을 일그러뜨렸다.

"가주가 되고 싶었습니다."

"난 너희 둘에게 동등한 기회를 주었다."

"그 여자의 뱃속에서 나온 핏줄이 내 경쟁자라는 것 자체가 싫었습니다! 내 어머니가 어떻게 죽어갔는데!"

해월산은 말문이 막혔다.

"그렇다고는 하나 네가 한 짓은 용서받을 수 없는 것이야."

해월문이 앞으로 나서며 상황을 정리했다. 해월천의 마음을 모르는 것이 아니다. 하지만 그것은 그것일 뿐이다.

"중요한 것은 네가 령이를 해하려 했다는 사실, 이것이 지금 의 논점이지."

해월문은 해월산을 바라보았다.

"어찌하시겠소?"

"저는……."

"인정으로 따질 성질의 것이 아니오."

거듭해서 다그치자 해월산은 고개를 떨궜다. 이내 굳게 닫혀 있던 입이 열렸다.

"지금 이 순간부터 너는 해월이라는 성을 쓸 수 없다."

해월천의 눈이 부릅떠졌다.

"이곳에서도 살 수 없고."

"절 추방시키겠다는 말씀입니까?"

해월산의 얼굴이 괴롭게 굳어졌다.

"멋대로 데려오더니 이제는 쫓아내겠다? 이럴 수는 없습니다!"

해월천의 시선이 자신을 지지해 주던 해월회에게 향했다.

"뭐라고들 말씀 좀 해보세요!"

하지만 해월회를 비롯한 장로들은 다른 곳으로 시선을 회피할 뿐이었다.

"하아!"

해월천은 어이없다는 탄성을 터뜨렸다.

불과 얼마 전까지만 하더라도 온갖 달콤한 말을 하던 이들이 한순간 돌아서 버렸다.

"…하하."

텅 빈 조소만이 흘러나왔다. 해월천은 천천히 몸을 일으켰다.

"그래, 나가주지."

"무엄하군! 어른들 앞에서 말버릇이 그게 뭐더냐!"

해월회의 일갈에 해월천은 어깨를 으쓱했다.

"이제는 남남이잖아?"

"이놈이!"

해월회의 얼굴이 시뻘겋게 달아올랐다. 해월천은 비릿한 미소를 지으며 해월령을 바라보았다.

"내가 돌아오기 전까지 가주 노릇 잘하고 있으라고."

"처, 천아."

"흥!"

눈물을 뚝뚝 흘리는 해월령을 뒤로하고 해월천은 거침없는 발걸음으로 문을 나섰다.

"저, 저런 무엄한 놈!"

장로들은 너나 할 것 없이 분노를 터뜨렸다. 하지만 단 한 사람, 해월문은 딱딱하게 굳은 표정을 유지했다.

"큰 화로 돌아올지도 모르오. 후를 생각한다면……."

해월문의 말에 해월산은 고개를 떨궜다.

"그래도 제 핏줄입니다. 이해해 주십시오."

"크흠……."

아비의 마음을 모를 리 없는 해월문은 묵묵히 고개를 끄덕였다.

해월천은 처소로 돌아가 간단히 행낭을 꾸리고 해월가의 문을 나섰다.

"빌어먹을!"

전문에 걸려 있는 현판을 보자 욕설이 튀어나왔다.

"꼭 돌아온다."

언젠가는 돌아와 가주가 될 것이다.

해월령은 물론이거니와 장로들을 모조리 쳐내 버리는 것은 당연한 수순일 테고.

툭툭.

그때 갑자기 누군가가 해월천의 어깨를 두들겼다.

"뭐야?"

해월천이 짜증스런 반응을 토해내며 고개를 돌렸다. 그곳에는 진득한 살기를 뿜어내고 있는 사내, 적연이 서 있었다.

"이빨 물어."

콰직!

해월천이 바닥에 나뒹굴었다.

"커헉!"

비명성을 토해내는 해월천의 얼굴이 피투성이가 되었다.

"카악! 카악!"

숨을 쉴 수가 없었다.

후두둑!

입에서 흘러나온 핏물에 열댓 개의 부러진 이빨이 섞여 있었다. 적연의 표정이 싸늘해졌다.

"으아아……."

머리가 새하얗게 변했다.

너무나도 엄청난 고통 뒤에 따른 것은 공포심이었다. 태어나서 처음으로 겪어보는 통증은 너무도 생소했다.

익숙지 않은 감정의 여파는 너무도 컸다. 해월천은 자기도 모르게 고개를 들었다가 자지러질 듯 놀랐다.

적연의 눈동자가 시뻘겋게 타오르는 것처럼 보였다. 그 다음은 피로 물들어 있는 주먹이었다. 자신의 것이었다.

단 한 방일 뿐이었는데.

해월천의 몸이 격하게 떨리기 시작했다.

'주, 죽을 거야! 또 맞으면 죽을 거야!'

"으아아!"

찢어지는 듯한 비명 소리가 터져 나왔다.

그리고 해월가 문 앞에서의 소란은 아직 충격에서 헤어 나오지 못한 채 대전에 모여 있던 가주와 장로들에게 전해졌다.

"뭣이?"

해월산은 곧바로 문을 박차고 정문까지 한달음에 달려왔다. 그리고 드러난 광경은,

"아악! 으아악!"

형체도 알아볼 수 없을 만큼 엉망인 몰골로 바들바들 떨고 있는 해월천의 모습이었다.

"아!"

뒤따라 나온 해월령은 양손으로 입을 가리며 놀란 표정을 지었다.

"크윽!"

해월산이 본능적으로 걸음을 내디디려 했지만 해월문이 앞을 막아섰다.

"내버려 두시오."

"하, 하지만!"

해월산은 다급한 표정을 지었다. 해월문이 괴로운 얼굴로 고개를 내저었다.

"잊었소이까? 저 아이는 이제 해월가의 사람이 아니외다. 우리가 참견할 사항이 아니오."

"……."

해월산은 말문이 막혔다. 바로 조금 전 자신의 입으로 내쫓

지 않았던가.

"그래도… 그래도……."

"나도 괴롭소."

어느새 해월문의 주먹은 꽉 쥐어져 있었다. 근 이십 년을 넘게 보아온 아이다. 정이 안 들었을 리 없다.

그럼에도 나설 수 없다. 아니, 나서면 안 된다.

해월문이 발만 동동 구를 무렵 적연이 경멸 어린 표정을 지으며 해월천을 내려다보았다.

"고작 이 정도였군."

덥석!

갑자기 해월천이 적연의 바짓가랑이를 붙잡았다.

살고 싶다. 오직 이 생각뿐이었다.

"제, 제발 그만……."

해월천은 눈물 콧물을 흘리며 애원했다.

"사, 살려주세요! 살려주세요. 흐흑!"

그 모습을 바라보던 장로들 사이에서 실망스런 탄식이 흘러나왔다.

"허어."

"어떻게 저럴 수가 있는가? 삶을 구걸하다니……."

쫓겨났다고는 하나 해월가의 차기 가주 후보였던 해월천이다. 구타를 견디지 못하고 구걸하는 모습은 약간이나마 남아 있던 측은함마저 날려 버렸다.

해월산은 해월천을 바라보다가 적연 쪽으로 시선을 돌렸다.

으드득!

알지도 못하는 자가 해월가의 정문 앞에서 버젓이, 그것도 차기 가주 후보였던 해월천을 두들겨 패고 있다. 장로들을 비롯한 자신이 있음에도 불구하고 아무런 거리낌이 없다니.

이것은 수치였다. 어찌 보면 해월가 전체를 싸잡아 모욕하는 것이나 마찬가지였다.

"놈!"

해월산의 눈썹이 치켜 올라갔다. 하지만 그뿐이었다. 현재 자신들로서는 아무런 명분도 권리도 없었다.

"살려… 살려주세요."

"놔라."

적연은 짜증스러운 표정을 지으며 붙잡힌 쪽의 다리를 떨어냈다. 하지만 해월천은 손을 놓지 않았다.

적연의 눈이 번뜩였다. 엄청난 살기가 몸 주위로 뿜어져 나왔다.

"으아악!"

순간 해월천이 자지러지며 손을 놓았다. 그리고 몸을 둥글게 말며 두 손으로 머리를 부여잡고 벌벌 떨었다.

"그만! 그만 해요!"

그때 해월령이 빽 소리를 지르며 적연에게 달려와 허리를 껴안으며 눈물을 흘렸다.

"제발 그만 해요! 이러다 죽어요! 죽는단 말이에요! 흑흑!"

적연이 고개를 갸웃거렸다. 별로 죽일 생각은 없었다.

고작 한 대 때렸을 뿐이건만……

"후우."

적연은 긴 한숨을 내쉬며 고개를 돌려 해월령을 바라보았다.

"왜죠?"

울음 섞인 해월령의 물음에 적연이 싸늘한 어조로 답했다.

"감히 날 노렸으니까."

"역시 우리 형님 멋져."

언제 나타났는지 미친개가 팔짱을 낀 채 흡족한 미소를 지으며 고개를 끄덕였다.

"감히 우리 형님을 노리다니, 간이 배 밖으로 튀어나온 놈이지. 형님, 저런 놈은 그냥 콱!"

찌릿!

순간 해월산과 장로들의 이글거리는 눈빛이 미친개에게 꽂혔다.

"…해서는 안 되죠. 자비심을 가지자고요, 형님."

미친개는 머리를 긁적이며 뒤로 슬그머니 빠졌다.

적연은 가볍게 숨을 고르며 고개를 좌우로 까닥였다. 그 틈에도 해월천은 필사적으로 팔을 휘저으며 땅바닥을 기어가고 있었다. 적연과의 거리를 벌리기 위함이었다.

"흥!"

적연은 경멸스런 표정을 짓더니 몸을 돌려 뚜벅뚜벅 걸어갔고, 미친개가 부리나케 적연의 뒤를 쫓았다.

"가, 같이 가요!"

그 순간에도 해월천은 연신 옅은 신음성을 흘리며 팔을 휘젓고 있었다. 참지 못한 해월령이 다가서려던 찰나, 해월문이 막아섰다.

"내버려 두거라."

"할아버님."

해월령의 눈에서 굵은 눈물이 뚝뚝 떨어졌다. 해월문은 한숨을 내쉬며 해월령의 어깨를 다독여 주다가 저쪽으로 시선을 돌렸다.

해월문의 눈동자에 걸음을 옮기고 있는 적연의 모습이 보였다.

"크흠!"

눈동자에 노기가 서렸다.

"음?"

처소로 돌아온 적연은 방 안을 살피며 눈을 동그랗게 떴다.

분명 벽 한편에 포박되어 있어야 할 시비가 사라졌기 때문이다.

"이건……?"

적연은 주변을 살폈다. 그것은 미친개 역시 마찬가지였다.

"들어왔던 흔적이 없습니다."

미친개는 심각한 표정으로 중얼거리며 지여선을 불렀다. 혹시나 본 것이 있나 싶었기 때문이다.

"아니요?"

지여선은 그럴 리가 없다는 표정으로 고개를 내저었다.

"아무도 드나들지 않았는데요?"

"확실한가?"

"예."

적연이 턱가를 매만지며 침음성을 흘렸다.

증인도 없다. 누군가 침입했던 흔적 역시 없었다.

적연을 죽이러 왔던 시비만이 사라진 셈이었다.

"뭔가 다른 세력이 있단 이야길까요?"

지여선의 중얼거림에 적연과 미친개의 표정이 딱딱하게 굳었다.

하지만 어쩔 수가 없었다.

이미 도망쳤을 테니 말이다.

第十五章

어쩌면 엄청난 녀석?

龍
劍風

"그렇군."

무림맹주 상관책은 고개를 끄덕이며 해월산을 바라보았다.

"면목이 없습니다."

해월산은 고개를 푹 떨구며 민망한 어조로 말했다. 상관책은 한숨을 내쉬었다.

"알겠네. 이번 일은 나만 알고 있도록 하지."

"죄송합니다."

해월산은 무거운 표정으로 예의를 취한 뒤 맹주전을 나섰다.

상관책의 약속대로 해월천의 일은 조용히 처리되었다. 예전부터 앓던 지병이 도진 관계로 시골로 요양이라는 이유였다.

그로 인해 해월천이 맡고 있던 파검소의 기주 자리는 당분간 공직이 되었다.

"하아아."

해월령은 요즘 들어 부쩍 힘 빠진 얼굴을 자주 보였다.

"요즘 령이가 왜 저러지?"

"그러게 말이오."

"천이도 갑자기 물러나고."

제갈여진의 말에 임지령은 고개를 끄덕였다. 전후 상황을 모르니 어쩔 수 없는 일이었다.

"혹시 적연님은 아세요?"

제갈여진의 시선이 방문에 기대고 서 있는 적연에게 향했다.

적연이 어깨를 으쓱하자 제갈여진은 턱가를 매만졌다.

"에이, 몰라. 난 가서 좀 쉬어야지."

제갈여진이 몸을 일으키자 임지령이 그 뒤를 따랐다. 따분함을 참을 수 없었기 때문이다.

"무슨 생각을 하지?"

"말 걸지 말아요."

해월령이 퉁명스런 어조로 쏘아붙였다.

아직까지 적연에게 화가 나 있었다. 적연은 그 모습을 바라보다가 자신의 처소로 돌아왔다.

"오셨어요?"

적연의 처소를 청소하던 지여선이 생긋 미소를 지으며 맞이해 주었다.

"꽤나 익숙해진 것 같군."

"재미는 없어요."

적연은 고개를 끄덕이며 의자에 앉았다.

"차를 내올까요?"

"아니."

"나… 앉아도 돼요?"

"마음대로."

지여선은 적연의 맞은편에 놓인 의자에 자리를 잡고 앉으며 말문을 열었다.

"쌀쌀맞은 건 여전하죠?"

"그래."

"좀 걸릴 거예요."

적연은 피식 미소를 지었다. 그러건 말건 상관할 바가 아니다.

"수룡왕을 보고 싶지 않나?"

"그 아줌마야 잘살겠지요."

대수롭지 않은 투였지만 얼굴은 굳어져 있었다. 적연은 턱을 괴며 지여선의 얼굴을 물끄러미 바라보았다.

"만나보고 와."

"진짜요?"

"보고 싶었군."

지여선의 얼굴이 살짝 붉어졌다. 적연은 피식 미소를 지었다.

"간 김에 알아올 것도 있고."

"이럴 줄 알았어요. 역시 뭔가 시킬 것이 있었군요?"

적연은 고개를 끄덕이며 말했다.

"적가에 대해서 아는 대로."

"적가?"

"수룡왕에게 물으면 알 거야."

지여선은 의아한 표정을 지으며 적연을 바라보다가 고개를 끄덕였다. 보아하니 자신이 알지 못하는 이야기였다.

호기심은 들었지만 괜히 들쑤시지 않았다. 왠지 그래서는 안 될 것 같은 느낌이 들었기 때문이다.

"알았어요."

"녀석도 데려가고."

"엑?"

지여선이 눈을 동그랗게 떴다. 적연이 말하는 녀석은 미친개이기 때문이다.

"강아지는 왜요?"

지여선은 미친개를 강아지라고 불렀다.

"변검녀, 강아지라고 부르지 말랬지?"

그리고 미친개는 지여선을 변검녀라고 불렀다.

어느새 나타나 딴지를 거는 미친개를 향해 지여선이 눈을 번뜩였다.

후각으로 추적하는 미친개, 화장을 할 때마다 얼굴이 바뀌는 지여선.

'절묘하군.'

적연의 생각이었다. 물론 입 밖으로 내뱉는 우를 범하지는 않았다.

"싫어요. 난 개는 싫다고요. 고양이라면 모를까."

지여선은 더러운 오물을 본 사람마냥 인상을 찡그렸다. 그것은 미친개 역시 마찬가지였다.

"형님, 나도 싫어요."

"가."

"혼자 가라고 하면 되잖아요."

적연의 눈이 희번덕 떠졌다.

"치사해."

미친개는 고개를 떨궜다.

불만이 가득한 표정을 짓고 있던 지여선에게 적연이 다가왔다.

"확실히 길을 가르쳐 주도록 해. 네가 없을 경우에는 저 녀석을 보내야 하니까."

"…네."

미친개가 길치임을 알게 된 적연이 내린 특단의 조치였다.

두 사람이 나가고 처소에 홀로 남게 된 적연은 턱가를 매만지며 수룡왕과의 일을 기억했다.

그때 수룡왕이 했던 말을 말이다.

"내가 어찌 적가의 무공을?"

수룡왕의 그 소리를 듣는 순간 적연은 아무런 움직임도 취할 수 없었다.

그녀는 알고 있었다. 적가에 대해서.

"무슨 소리지?"

"분명 적가의, 아니, 적운님의 것이다."

"적운? 내 아비를 아는가?"

적연의 물음에 도리어 놀란 것은 수룡왕 허난경이었다. 허난경은 눈을 깜박이다가 미미하게 고개를 끄덕였다.

"분명 산예는 아이를 가지고 있었어……."

"어머니를 아는가?"

허난경은 고개를 끄덕였다.

"난 적운님의 수하였어."

적연은 눈을 크게 치켜떴다. 그렇다면 아비의 시신이 어디에 버려졌는지도 알 터이다.

"물어보고 싶은 것이 많아."

적연의 눈이 가늘어졌을 무렵이다. 주위가 소란스러워졌다.

허난경의 명으로 지여선을 찾으러 나갔던 수하들이 돌아온 것이다. 허난경은 다급한 표정으로 입을 열었다.

"날 왜 죽이려 했지?"

"명을 받았다."

수룡왕은 입술을 꽉 깨물다가 고개를 끄덕였다. 그리고 자신의 머리카락을 자른 뒤 검과 여러 가지 장신구를 건넸다.

"알았어. 네 뜻대로 죽은 척해주지."

"아비에 대해 물어볼 것이 있어."

적연도 나름대로 다급했다. 하지만 허난경은 고개를 저었다. 지금은 그럴 때가 아니었다.

"일단 선아를 데려가라. 나중에 나에게 보내."

"제길."

점점 가까워지는 어지러운 발걸음 소리. 적연은 입술을 꽉 깨물었다.

적연은 기억을 접으며 거칠게 머리를 흐트러뜨렸다.

*　　　*　　　*

미친개와 지여선이 수룡왕을 향해 떠나고 이틀쯤 지났을 무렵이다.

"어디 보자."

적연은 침상에서 가부좌를 틀고 앉아 운기조식을 하기 시작했다. 그간 여러 가지 일이 있었지만 빼먹지 않고 해온 일이다.

'오늘도 그냥 그러려나?'

적연은 가볍게 인상을 찡그렸다. 분명히 적힌 대로 하고 있기는 한데 쥐꼬리만큼도 느껴지는 것이 없었다.

"단전 부위에 무언가 따뜻한 것이 느껴질 겁니다."

미친개의 말이었다.

'느껴지기는······.'

오늘도 역시나였다.

적연은 일월궁주에게 받은 심법서를 뚫어져라 쳐다보았다.

"이거 가짜 아니야?"

"가짜라니? 그 무슨 망발인가?"

그때 갑자기 허공에서 들려온 소리. 적연의 눈이 부릅떠졌다.

'인기척이 없었는데?'

적연의 손이 머리맡에 놓인 검으로 다가갔다.

"적이 아닐세."

허공중에서 나타난 중년사내의 모습은 낯이 익었다.

"당신은?"

"그간 잘 지냈는가?"

일월궁에서 만난 광명좌사였다.

"언제부터 날 쫓아다니고 있었지?"

"쫓아다닌 것은 일월궁까지뿐이었다네."

광명좌사 어깨를 으쓱했다.

"이래 봬도 바쁜 사람일세."

"여기까지 용케도 들어왔군."

"별로 어렵지는 않았네."

광명좌사는 연신 여유로운 표정이었다. 적연은 눈살을 찌푸렸다.

"왜 왔지?"

"자네를 도와주러. 보아하니 아직 아무것도 느끼지 못한 것 같더군."

"어려워."

퉁명스러운 말에 광명좌사는 빙그레 미소를 지었다.

"본래 처음이 어려운 법이지. 혼자서는 더욱 그렇고. 가부좌를 틀게."

"도움 따위는 필요없어."

"딱딱한 친구군. 하지만 마음에 들어."

광명좌사는 빙그레 미소를 지었다.

"도움이라 생각하지 말게. 솔직히 말해서 도움이랄 것도 없어."

"크흠!"

"자네에게는 내공이 없는 것이 아니야. 자신이 모를 뿐이지."

"…나에게 내공이 있다?"

"난 그저 잠들어 있는 내공을 깨우기 위해 자극을 줄 뿐일세. 그 다음부터는 자네가 알아서 해."

광명좌사는 적연에게 다가서며 말을 이었다.

"여태까지는 어찌어찌 운 좋게 잘도 싸워왔겠지만 무인에게 있어서 내공이란 꼭 필요한 것이라네. 이를테면 궁귀나 수룡왕."

적연의 눈이 꿈틀거렸다. 광명좌사는 의미심장한 표정을 지었다.

"자네는 결정적인 순간에 내공을 썼어. 내공도 없는 자에게 당할 만큼 녹록한 자들이 아닐세."

무언가 이상한 점이 있었다. 이를테면 수룡왕.

분명 수면 위를 내려쳤음에도 불구하고 수룡왕은 커다란 타격을 입었다.

"심우회의 녀석들과 싸울 때도 마찬가지였고. 자네가 의식하지 못했을 뿐이야."

"크흠……."

"있는 것은 활용해야지 묵혀두는 법이 아닐세. 궁귀를 이겨야지."

적연의 표정이 굳어졌다. 어렵기 그지없는 운기조식을 계속해서 하는 이유 중에는 그것이 있었다.

궁귀와 제대로 어울려 보고 싶었다. 광명좌사는 빙그레 미소를 지었다.

"가부좌를 틀게."

적연은 천천히 고개를 끄덕이며 가부좌를 틀었다. 광명좌사는 적연의 등에 손바닥을 대고 기운을 끌어올렸다.

"마음을 편히 가지고, 내 기운을 받아들인다는 생각으로."

적연은 지그시 눈을 감은 채 호흡을 했다. 등에 닿은 광명좌사의 손바닥이 조금씩 뜨거워진다는 느낌이었다.

'손바닥이 뜨겁군.'

"잡다한 생각은 그만."

어떻게 알았는지 광명좌사가 말했다. 적연은 뜨끔하며 마음을 가라앉혔다.

그렇게 얼마나 지났을까.

등에 닿아 있는 손바닥 주위로 무언가 톡톡 쏘는 기운이 확장되어 갔다.

'음?'

광명좌사는 내심 놀랐다. 기혈이 막힌 곳 없이 모두 깨끗했다.

그렇다고 자신이 흘려보낸 진기가 단전 쪽으로 가는 것만은 아니었다. 몸 구석구석을 활개치며 다니고 있었다.

단전에 쌓인다는 것 자체가 어찌 보자면 제한적일 수도 있다. 하지만 적연은 그렇지가 않다. 자유롭다.

'터무니없이 엄청난 녀석일지도 몰라.'

전혀 생소한 느낌의 기운이었다.

"느껴지는가?"

적연의 눈썹이 움찔거렸다. 광명좌사의 음성이 머릿속을 울렸기 때문이다.

"전음이란 것이네."

들어본 적이 있을 뿐 실제로 경험한 것은 처음이었다.

"당황하지 말게. 통제하려고도 하지 말고. 기운들과 논다는 생각으로……."

어느새 톡톡 쏘는 듯한 기운이 몸 전체에서 느껴졌다.

'논다? 논다고 생각하라?'

추상적인 말일 수도 있었지만 왠지 모르게 이해가 갔다.

'머리… 머리 쪽으로 올라왔으면 좋겠어.'

그리고 보니 단 한 곳, 머리는 그대로였기에 생각했다. 그 순간 놀랍게도 기운들이 조금씩 위쪽으로 올라오기 시작했다.

목 언저리를 지나 볼을 타고 올라오더니 뇌를 자극하기 시작했다.

'나쁘지 않은 기분이다.'

톡톡 자극하던 기운들이 뇌를 주무르는 것 같은 느낌도 들었다. 어느 순간 적연의 의식이 사라졌다. 육체도 사라진 것 같은 느낌이다.

그렇게 얼마나 시간이 지났을까. 감겨져 있던 적연의 눈이 떠졌다.

"으음……."

광명좌사는 적연을 바라보며 침음성을 삼켰다.

"기분이 어떤가?"

적연은 잠시 몸의 내부를 살펴보았다. 잠시 의식을 그쪽으로 집중하자 다시금 톡톡거리는 듯한 느낌이다.

하지만 그뿐이었다.

"별다른 것은 없는데?"

광명좌사의 얼굴이 살짝 굳어졌다.

"단전 쪽에 따뜻한 기운이 느껴지지 않나?"

적연은 고개를 내저으며 자신의 느낌을 말해주었다. 광명좌사는 심각한 표정으로 턱가를 매만졌다.

달리 설명해 줄 것이 없었다.

사실을 말하자면 광명좌사 역시 잘 몰랐기 때문이다.

내공은 아니다. 뭐라고 할까. 전혀 새로운 기운?

"잠시."

광명좌사는 적연의 손을 맞잡으며 말을 이었다.

"운기가 되는가?"

적연은 고개를 끄덕이다가 광명좌사를 바라보았다.

"운기라기보다는… 뭐라고 해야 할까. 잘 모르겠군."

"흐음……."

"왠지 그쪽으로 넘길 수도 있을 것 같은걸?"

적연은 눈을 감으며 내부를 향해 관심을 기울였다.

토독… 토독…….

이윽고 다시금 기운들이 느껴졌다.

'팔 쪽으로… 팔 쪽으로 가줘.'

왠지는 모르겠지만 이 기운들을 통제하려 하지 않았다. 단지 부탁했을 뿐이다. 그러자 기운들이 조금씩 팔 쪽으로 이동하기 시작했다.

팔뚝에서 팔목, 그리고 손끝으로 천천히 향했다.

'내 손을 따라 저자의 몸 안으로 가줘.'

다시 한 번 부탁하자 손끝에 몰려 있던 기운이 맞쥐어져 있는 광명좌사의 손으로 들어가는 듯한 느낌이었다.

그리고 잠시 뒤,

"헉!"

광명좌사가 화들짝 놀라며 손을 뗐다. 크게 놀란 듯 눈이 치켜떠져 있었다.

"느껴졌는가?"

적연은 감겨 있던 눈을 뜨며 광명좌사를 바라보았다.

"그렇군. 자네 말대로 뭔가 톡톡거리는 느낌이었어."

광명좌사는 자신의 손을 들어보았다. 손을 떼기가 무섭게 정체 모를 기운의 느낌은 사라졌다.

'뭘까?'

이 위화감 어린 기운은.

'이 기운이 뭔지 모르겠다는 거야. 내공은 확실히 아닌데.'

광명좌사는 적연을 바라보았다.

왠지 모르게 눈이 깊어진 듯한 느낌이다. 거칠기 그지없던 기세도 안으로 정돈된 것 같고.

한 가지 확실한 것은 적연에게 무언가 변화가 일어났다는 것이다.

"당신 말이 한 가지는 맞았어."

"뭐?"

광명좌사가 의아스런 표정을 짓자 적연은 피식 웃었다.

"이 기운, 왠지 친숙해."

"그렇군."

광명좌사는 잠시 고심하다가 한숨을 내쉬며 말문을 열었다.

"솔직히 말하자면 나는 잘 모르겠네."

"그렇군."

적연은 고개를 끄덕였다. 바로 수긍하는 모습이었다.

"내공이 아닌 것은 확실해."

"그런가?"

서운해하는 모습조차 보이지 않은 채 적연은 묵묵히 고개를 끄덕일 뿐이었다.

"아까 당신이 그런 말을 했지? 내가 내공이 없는 것이 아니라고."

"그래."

적연은 피식 웃으며 광명좌사를 바라보고는 말을 이었다.

"난 당신의 말을 있는 그대로 받아들였을 뿐이야. 그 순간 왠지 모르게 복부 쪽이 찌르르하더군. 바로 이 기운들이었어."

광명좌사는 선뜻 이해가 가지 않는다는 얼굴이었다.

"이상한 녀석."

적연과 헤어진 광명좌사는 무림맹을 빠져나온 뒤 중얼거렸다.

"후우……."

자신이 의도한 대로는 되지 않았다. 전혀 생소한 느낌의 기운만을 일깨웠을 뿐이다.

하지만 왜일까. 기대가 된다.

광명좌사는 피식 웃으며 손을 뻗어 얼굴을 덮고 있던 인피면구를 벗었다.

"어쩌면 네 아들은 터무니없을 정도로 엄청난 녀석일는지도 모르겠구나."

일월궁주는 피식 웃으며 걸음을 옮겼다.

그리고 얼마 떨어진 곳.

죽립을 눌러쓴 사내가 일월궁주의 뒷모습을 바라보고 있었다. 죽립 위로 살짝 드러난 입가가 미세하게 떨리고 있었다.

"왜 일월궁주가 이곳에……?"

죽립사내가 잠시 고개를 갸웃거렸다.

왜 적진인 무림맹에 숨어들었는가. 더욱이 광명좌사의 인피면구까지 뒤집어쓴 채로.

죽립사내는 턱가를 매만졌다.

처음에는 단지 무림맹의 내부 구조를 한번 살펴볼 요량이었다. 그런데 예상외의 인물과 장면을 보게 된 것이다.

"그 청년은 도대체……?"

천하의 일월궁주가 그렇게까지 해야 할 이유를 제공한 청년이 궁금했다.

광명좌사를 돌려보낸 뒤 침상에 누운 적연은 지그시 눈을 감고 기운들을 느끼고 있었다.

"흐음……."

확실히 재미가 있었다.

'내 부탁대로 움직여 주는 기운이라…….'

분명 광명좌사는 내공이 아니라고 했다.

'뭘까?'

제한되어지지 않는 기운. 의식하면 마치 놀아달라는 듯 일어나 몸 전체를 헤집고 다닌다.

물론 그뿐이었다. 뭔가 있어 보이기는 하지만 지금은 단지 이 정도가 다였다.

'하지만 역시 나쁘지 않은 기분이다.'

그거면 됐다.

적연이 눈을 감으며 미소를 지을 무렵이었다.

똑똑.

"누구지?"

누군가 방문을 두들기는 소리에 적연은 눈을 뜨며 몸을 일으켰다. 이윽고 문이 열리며 해월령이 들어왔다.

그녀는 여전히 유쾌하지 못한 표정을 짓고 있었다.

"뭔가?"

"맹주님이 부르세요."

"맹주?"

적연은 고개를 갸웃거렸다. 맹주라 하면 분명 무림맹주일 것이다.

"당신과 이야기를 나누고 싶다는군요."

"…그래?"

적연은 고개를 끄덕이며 몸을 일으켰다.

"가지."

"예."

해월령은 선선히 고개를 끄덕이다가 적연을 바라보며 고개를 갸웃거렸다.

"왜?"

"뭐랄까. 좀 바뀐 것 같네요?"

"바뀌어?"

"얼굴이 한결 밝아졌어요."

"그런가?"

적연은 턱가를 매만지며 미소를 지었다.

처음이었다.

적연이 이런 미소를 짓는 얼굴을 본 것은.

해월령은 눈을 깜박이다가 고개를 내저으며 걸음을 옮기기 시작했다.

그렇게 얼마나 걸었을까. 맹주전에 도착한 해월령은 적연을 바라보며 한 가지 당부를 했다.

"맹주님 앞에서는 예의를 차리도록 하세요."

"그러지."

적연은 고개를 끄덕이며 맹주전의 문 앞에 섰다.

끼이익!

이윽고 문이 열리고 적연은 문안으로 걸음을 옮기다가 고개를 돌렸다. 해월령이 밖에 멈춰 섰기 때문이다.

"맹주님은 당신만을 보고 싶어하셨어요."

적연은 어깨를 으쓱하며 멈췄던 걸음을 옮겼다. 그리고 문이 닫혔다.

맹주전 안은 상당히 넓었다.

좌우로는 커다란 기둥이 지붕을 받치고 있었다.

적연의 고개가 안쪽으로 향했다. 그곳에는 한 사내가 뒷짐을 진 채 돌아서 있었다.

뚜벅뚜벅.

둘 사이의 거리가 열 걸음 정도까지 좁혀졌을 무렵 사내가 몸을 돌렸다.

흰 수염을 늘어뜨린 청수한 인상의 노인. 무림맹주 상관책은 빙그레 미소를 지어 보였다.

"적연이라고 합니다."

"예상외로군."

"……?"

"상당히 거친 사내라고 들었는데."

"그렇습니까?"

적연의 말에 상관책은 피식 웃었다.

"뭐, 상관없겠지. 차 한 잔 하겠나?"

"예."

적연은 고개를 끄덕이며 상관책의 뒤를 따랐다. 맹주전의 뒷문을 나오자 소박한 정원이 나타났다.

해월천을 만났던 곳보다는 규모가 작았지만 훨씬 깨끗한 느낌이었다.

둘이 전각으로 다가가자 시비가 공손한 자세로 기다리고 있었다.

"차는?"

"준비가 되었습니다."

시비는 따뜻한 차가 담긴 잔을 두 사람의 앞에 내려놓았다. 상관책은 차를 한 모금 마신 뒤 적연을 바라보았다.

"천이를 쳐내는 데 결정적인 공헌을 했다고?"

"일단은 그녀에게 고용된 입장이니까요. 이미 알고 있으셨 겠지만."

적연의 말에 상관책은 껄껄 웃었다.

"마음에 드는군. 그래, 그대가 령이에게 고용된 자라는 것은 알고 있었네."

상관책은 턱을 괴며 적연을 빤히 쳐다보았다.

"……?"

"이쪽에서도 나름대로 그대의 뒷조사를 했지. 아! 기분 나빠 하지는 말게. 원체 그것이 절차니까."

적연은 고개를 끄덕였다.

탁자 밑 다리에 놓여져 있던 손이 말아 쥐어졌다.

"이상하게도 자네에 대한 것은 아무것도 찾을 수가 없다더 군."

상관책이 어깨를 으쓱하자 적연의 주먹이 슬그머니 풀어졌 다.

"그냥 떠돌이 무사입니다."

"떠돌이 무사… 낭인."

"그렇게들 부르더군요."

"궁귀나 수룡왕과 같은 고수와 싸울 수 있는 낭인이
라……."

"운이 좋았을 뿐."

상관책은 적연을 바라보며 의미심장한 미소를 지었다.

"요행이라?"

"그렇습니다."

"……."

적연을 향해 눈을 번뜩이던 상관책이 표정을 활짝 풀었다.

"그렇다 치지."

'사람 놀래키는 데 재주가 있군.'

적연은 입술을 꽉 깨물었다.

"자네를 부른 것은 한 가지 제안이 있어서일세."

"제안 말입니까?"

적연의 말에 상관책이 천천히 운을 떼었다.

"천이가 물러난 파검소의 기주 직이 공석이 되었지."

적연의 표정이 굳어졌다.

"전 싫습니다."

"자네보고 하라는 거 아닐세."

"아, 예."

머쓱해진 적연이 턱가를 긁적였다.

"령아를 올릴까 하는데, 그러자면 남오장주가 또 공석이 된
다는 점이지."

상관책은 적연을 바라보며 미소를 지었다.

"오늘부터 자네가 남오장주일세."

"거부하겠습니다."

"그럼 짐 싸."

'사기다.'

적연은 눈을 감았다.

"그럼 잘 돌아가게, 남오장주."

"…예."

적연은 어깨를 축 늘어뜨린 채 맹주전을 나섰다. 밖에는 해월령이 기다리고 있었다.

"나왔어요?"

"기주가 된 것을 남오장주 적연이 축하드립니다."

"에?"

해월령은 영문을 모르겠다는 표정이었다.

"그게 무슨 소리예요?"

대답하고 싶지 않았다.

"흐음."

상관책은 대전의에 앉아 점차 멀어져 가는 적연의 뒷모습을 바라보며 침음성을 삼켰다.

그는 턱가를 매만지며 나지막하게 중얼거렸다.

"이상하군."

왠지 낯이 익은 듯한 느낌이 들었기 때문이다. 하지만 아무리 생각해 보아도 딱히 생각나는 자가 없었다.

"뭐, 상관없겠지."

상관책은 피식 웃으며 후련하다는 표정을 지었다. 골치 아
픈 일이 처리된 것이다.

적연이 남오장의 수장으로 취임한 것은 그 다음날이었다.

"…취임사는 없소?"

"없어."

임지령의 말에 적연은 심각한 표정으로 대답했다.

그러자 옆에서 듣고 있던 제갈여진이 까르르 웃었다.

"축하드려요."

"내키지 않는 일이야."

적연의 얼굴에 귀찮다는 표정이 노골적으로 드러났다. 제갈
여진은 빙그레 미소를 짓다가 적연의 옆쪽으로 고개를 돌렸다.

"이제는 기주님이라고 불러야 하나?"

"관둬."

해월령이 팔짱을 낀 채 멀뚱한 표정으로 서 있었다.

"천이 대신에 올라앉은 자리란 말이야."

"미안."

제갈여진의 표정이 순식간에 굳어졌다. 해월령은 고개를 설
레설레 저으며 씁쓸한 미소를 지었다.

"그런 표정 짓지 마. 오히려 내가 미안해."

그간 제갈여진은 해월령과 적연 사이에서 갈피를 잡지 못했

다. 두 사람, 정확하게 말하자면 해월령이 적연을 싸늘하게 대했기 때문이다.

정황을 모르는 제갈여진은 답답함에 속만 태울 뿐이었다.

"자신의 기분이 좋지 않다고 다른 사람에게까지 피해를 줄 셈인가?"

적연이 팔짱을 끼며 한마디를 했다.

해월령은 고개를 떨궜다. 틀린 말이 아니었다.

따지고 보면 적연이 한 것은 자신을 지키기 위함이었다. 그렇게 계약이 되어 있었고 이행한 것뿐이다.

머리는 이해하지만 가슴은 그것을 거부하고 있었다.

"그만 하지요."

해월령은 숨을 고르며 고개를 들어 적연과 시선을 마주쳤다.

"진심으로 축하드려요."

"당신 역시."

적연은 가볍게 고개를 끄덕이며 제갈여진과 임지령을 바라보았다.

다행히 두 사람은 적연의 취임에 거북해하는 기색을 보이지 않았다. 그럴 만도 한 것이, 적연의 능력을 봐왔기 때문이다.

"회식 한번 해줘야 하는 것 아니오?"

임지령의 말에 제갈여진은 좋은 생각이라는 표정으로 손뼉을 탁탁 치며 찬성의 뜻을 표했다.

적연은 해월령을 바라보았다.

해월령이 고개를 끄덕일 무렵이었다.

"으음!"

그때 한 사람이 모습을 드러냈다. 팔 척 장신의 사내는 북오장인 구원랑이었다.

"원랑?"

"북오장이 기주님을 뵙습니다."

구원랑은 해월령을 향해 정중히 포권지례를 올렸다.

"그냥 예전처럼 편하게 대해줘요."

도리어 당황한 해월령이 말했지만 구원랑은 요지부동이었다.

"그만 예를 거두세요."

결국 명이 내려지자 구원랑이 고개를 들고서는 적연을 바라보았다.

"북오장 구원랑일세."

"남오장 적연."

두 사람은 서로를 소개했다. 해월령은 잠시 고개를 갸웃거리다가 물었다.

"서오장과 동오장은요?"

새 기주가 취임했으니 응당 와야 했건만 보이지 않았다.

구원랑은 특유의 무뚝뚝한 표정으로 입을 열었다.

"그들은 오지 않을 겁니다."

"예?"

"기주님을 별로 좋아하지 않더군요."

해월령은 당혹스러운 표정을 짓다가 알겠다는 표정을 지었다.

서오장과 동오장은 예전부터 해월천에게 충성을 바쳤던 이들이다. 해월령을 달가워할 리가 없었다.

적연은 팔짱을 낀 채 구원랑의 말을 듣고 있었다.

"솔직히 말씀드리자면 저 역시 새 기주님이 아직은 좀 미덥지가 않군요. 그럼 이만."

구원랑은 포권을 취한 후 몸을 돌리더니 걸음을 옮겼다.

해월령의 표정이 씁쓸함을 머금었다.

환영받지 못하다니. 예상은 했지만 이렇게 눈앞에서 들으니 막막하기 그지없었다.

일순간 좌중에 무거운 적막감이 흘렀다.

그때 눈치없는 임지령이 머쓱한 표정으로 말문을 열었다.

"회, 회식은 어쩌죠?"

순간 제갈여진의 눈썹이 위로 치켜 올라갔다.

퍽!

그 시각, 지여선은 미친개의 뒤통수를 힘차게 후려갈기며 외쳤다.

"내가 못살아! 이 길이 아니라고 했잖아!"

"왜 때려! 왜 때려!"

"이 못 말리는 길치야! 응당 생각해 봐라. 내가 이쪽이라고 설명해 준 지 얼마나 지났니?"

"…반 각."

"어떻게 반 각 만에 잊어버릴 수 있니? 내가 미친년이지! 어쩌자고 저런 똥강아지와 동행할 생각을 했을까!"

지여선은 답답한 마음에 가슴을 탁탁 치며 한숨을 토해냈다. 적연이 알려준 대로 숨어 있는 수룡왕의 거처로 가고 있는 중이었다.

왜 문제가 되느냐 하면 적연의 명이 미친개에게 가는 길을 확실히 인지시키라는 것이었기 때문이다.

일정 거리의 길을 반복해서 오고 가며 나름대로 친절히 설명해 주고 내린 결론은,

"이 구제불능의 무뇌아야!"

"이 여자가, 목소리 크면 단 줄 알아?"

둘은 바락바락 언성을 높여가며 티격태격대기에 바빴다.

* * *

해월산은 맞은편에 앉아 있는 해월령을 바라보다가 말문을 열었다.

"파검소의 기주가 된 것을 축하한다."

"…예."

"맹 내에서는 녀석에 대해 별말이 안 도는 것 같더구나. 맹주님께 감사드릴 뿐이야."

이번 일은 상관책의 배려로 별 탈 없이 넘길 수 있었다.

해월가 입장으로 보자면 참으로 다행이었다.

"너도 다른 생각 하지 말고 현 위치에서 최선을 다하거라."

"…예."

해월령은 고개를 끄덕였다. 하지만 그녀의 어조는 침울하기 그지없었다. 해월산은 표정을 굳히며 자신의 딸을 바라보다가 말문을 열었다.

"아직도 마음에 걸리느냐?"

"안 그렇다면 거짓말이겠지요."

"하아……."

해월산은 시름 어린 한숨을 내쉬었다.

"나도 괴롭구나."

"아버님."

"하지만 이것은 결코 묵과할 수 없는 일이었어. 너도 알겠지?"

해월령은 묵묵히 고개를 끄덕였다.

비록 이복동생이기는 하지만 친남매처럼 생각해 왔던 해월령이다.

"또한 이 시간부로 너는 실질적인 해월가의 차기 가주다."

"예."

"그리고 천이는 그만 잊거라. 내 마음속에서는 이미 지워져 버렸다."

짐짓 냉담한 반응에 해월령이 고개를 들었다.

눈가에는 눈물이 맺혀 있었다.

"…정말인가요?"

해월산은 잠시 동안 대답을 하지 못했다. 하지만 이내 묵묵히 고개를 끄덕이며 입을 열었다.

"그래."

"전 지우지 못했어요. 지금도 그러하고 미래에도 그럴 거예요."

"마음을 다잡거라."

이런 말밖에 해줄 수가 없다. 실은 해월산도 해월천을 마음에서 지우지 못했다.

지울 수 있을 리가 없지 않은가. 어떻게 되었던 간에 자신의 자식인 것을.

"그만 일어나거라. 기주는 자리를 비우는 것이 아니다."

"…예."

해월령은 침울한 목소리로 대답하며 몸을 일으켜 방문 쪽으로 걸어갔다. 그때 해월산이 뭔가 생각났다는 듯 말문을 열었다.

"그런데."

"예?"

"총관한테 듣자 하니 저번에 네가 파천검을 들고 나갔다고 하던데?"

"…아."

해월령은 생각났다는 듯 어깨를 움찔했다.

"가문의 기보이기는 하지만 넌 그만한 자질이 있으니 그냥 써도 된다."

해월산은 빙그레 미소를 지었지만 해월령의 얼굴 표정은 딱딱하게 굳어졌다.

"…아, 그게요."

"음?"

표정이 심상치 않다고 느껴서일까. 해월산이 눈을 끔벅이며 해월령을 빤히 쳐다보았다.

해월령은 머쓱한 표정을 짓다가 힘겹게 말문을 열었다.

"그거 불량품이던데요?"

"뭣?"

긁적긁적.

해월령은 조심스럽게 파천검을 올려놓았다.

일단 겉보기에는 아무런 문제가 없어 보인다.

부들부들.

해월산은 검자루를 쥐고 뽑았다.

쏙.

스르룽이 아닌 쏙이다.

해월산의 손에는 검자루만이 쥐어져 있었다. 멋진 검날은 보이질 않았다.

"검집을 뒤집어보세요."

챙그랑.

어여쁜 것으로도 모자라 예리하기까지 한 검날이 바닥으로 떨어져 맑은 소리를 내었다.

"……."

"......"

해월산과 해월령 사이로 길고 무거운 침묵이 흘렀다.

"으음……."

너무 애지중지 보관만 한 모양이다.

이제부터는 손질도 해야지라고 생각하는 해월산이었다.

第十六章

변화의 조짐

龍
劍風

　적연은 눈을 감은 채 편한 자세로 누워 몸 안의 기운들을 느
끼다 몸을 일으켰다.

　문밖에서 느껴진 기운 때문이었다.

　"들어가도 되겠습니까?"

　처음 들어보는 목소리였다.

　"들어와."

　문이 열리며 들어온 것은 단정한 복장을 한 사내였다.

　"누구지?"

　"서오장께서 보내셨습니다."

　적연이 고개를 갸웃거렸다.

　"서오장?"

"한번 뵙고 싶다고 하시더군요."

해월령이 파검소의 기주로 올라설 때도 오지 않은 자다.

'잘되었군.'

적연은 고개를 끄덕이며 몸을 일으켰다.

"어딘가?"

"제가 모시겠습니다."

서오장의 거처는 적연과 그리 멀리 떨어지지 않은 곳에 있었다.

방 안에는 세 사람이 앉아 있었는데, 두 명의 남자와 한 명의 여인이었다. 게다가 남자 중 한 명은 아는 자였다.

'북오장?'

제일 덩치가 큰 사내는 바로 북오장인 구원랑이었다.

'그렇다면 이 두 명이 서오장과 동오장이란 소리겠군.'

적연은 짐짓 무심한 표정을 지어 보였다. 서오장을 만나게 될 줄 알고 왔건만 동오장까지 보게 되었다.

"그대가 남오장인가?"

사내가 적연에게 시선을 주며 물어왔다.

"그래."

"듣던 대로 무례하기 짝이 없는 자로군요."

여인이 싸늘한 표정으로 툭 내뱉듯 말했다. 사내가 여인을 잠시 제지하더니 말문을 열었다.

"서오장 진현우다."

"동오장 봉유경이에요."

진현우와 봉유경의 어조에는 기본적으로 싸늘함이 깔려 있었다. 적연은 구원랑을 바라보았다.

그는 적연에게 살짝 고갯짓으로 인사를 건네며 빈 의자 쪽을 바라보았다. 와서 앉으라는 뜻이었다.

적연은 자리에 앉기가 무섭게 말문을 열었다.

"나를 왜 보자고 했지?"

"말씀을 높이도록 하세요. 모두 당신보다 선배입니다."

참지 못한 봉유경의 말이었지만 적연은 관심조차 보이지 않았다. 그것을 모를 리 없는 봉유경이 입술을 꼭 깨물었다.

"그만 하시오."

진현우는 봉유경의 어깨를 한차례 두들겨 주더니 적연을 바라보며 빙그레 미소를 지어 보였다.

"별다른 뜻은 없다. 그저 환영의 뜻으로 보자고 한 것뿐."

"그렇군."

적연은 고개를 끄덕였지만 그렇지 않은 것을 알고 있었다. 진현우와 봉유경의 표정만으로도 무언가 흑심이 있음을 알아차릴 수 있었기 때문이다.

"듣자 하니 기주의 호위무사라고 하던데?"

"그렇소."

봉유경이 비릿한 미소를 지었다.

"웃기는군. 무림맹도 요즘 들어 참 웃겨졌어."

자신이 속해 있는 곳을 여지없이 깎아내리는 말이었다. 구원랑은 듣기 거북하다는 얼굴이었지만 진현우는 긍정도 부정도 아닌 애매모호한 표정을 지은 채 적연을 바라보고 있었다.

"하고 싶은 말이 뭔가?"

적연의 물음에 봉유경이 진현우에게 고개를 돌렸다. 처음 적연을 이쪽으로 부르라고 말한 것은 그였다.

"단지 자네에 대해서 알고 싶을 뿐."

진현우의 말에 적연은 피식 미소를 지었다.

"묻고 싶은 것이 있으면 물어봐."

"듣자 하니 아무런 연고도 없는 자라고 하던데?"

"그래, 그게 무슨 문제될 것이 있나?"

"무엄하구나!"

봉유경이 참지 못하고 소리를 질렀다.

이들은 모두 무림의 후기지수들이었다. 어찌 자신들에게 이토록 무례할 수 있단 말인가.

적연은 표정을 굳히며 몸을 일으켰다.

"이야기할 상황이 아니군."

"앉게."

구원랑이 눈을 번뜩였다. 적연은 피식 미소를 지으며 방문을 나섰다.

탁!

뚜벅뚜벅.

적연의 발걸음 소리가 천천히 멀어졌을 때쯤, 방 안에 앉아 있던 봉유경이 이를 으드득 갈았다.

"더 볼 것도 없어요."

"흐음."

진현우는 침음성을 흘리며 턱가를 매만졌다.

"자네는 어떻게 생각하지?"

구원랑이 어깨를 으쓱했다. 진현우의 입가가 비틀려 올라갔다.

"콧대가 하늘을 찌르는군. 한번 꺾어줘야겠어."

"범상치 않은 자요."

진현우가 멈칫거렸다. 구원랑은 조심스럽게 말을 이어갔다.

"내 느낌일는지도 모르겠지만 조심하는 게 좋을 것 같소."

"흥!"

듣고 있던 봉유경이 콧방귀를 꼈다. 당치도 않다는 눈빛이었다.

"원랑은 너무 조심스러운 것이 탈이에요."

"연고도 없는 무뢰배일 뿐이야."

진현우 역시 봉유경의 말을 거들고 나섰다. 그런 모습에 구원랑은 한숨을 내쉬었다.

자신이 뭐라 말한들 먹혀들 것 같지가 않았다.

"마음대로들 하시오."

"빠질 건가요?"

봉유경의 말에 구원랑이 몸을 일으켰다.

"처음부터 같이한다는 소리도 하지 않은 것 같은데?"

"흥."

냉담한 반응에 봉유경이 콧방귀를 뀌며 고개를 홱 돌리더니 몸을 일으켰다.

"가려고?"

"오늘 회식이 있어요."

봉유경은 슬그머니 미소를 지으며 몸을 일으켰다.

적연이 그들과 헤어지고 처소로 돌아오던 중이었다.

휘잉! 휘잉!

어디선가 날카로운 파공성이 들렸다.

적연은 가볍게 고개를 내저으며 잠시 멈췄던 걸음을 다시 옮겼다.

보아하니 홀로 수련을 하는 모양인가 본데, 이곳에서는 그런 것을 함부로 보면 안 된다고 들었다. 일례로, 얼마 전 종남산에서도 그것 때문에 곤란함을 겪지 않았는가.

그때 파공성이 멈췄다.

"장주님?"

그리고 뒤이어 들려온 목소리는 귀에 익었다.

검각의 소문주이자 이제는 적연의 수하가 된 임지령이었다.

"지나가시던 길이었나요?"

"아아……."

적연은 가볍게 고개를 끄덕였다. 임지령이 피식 미소를 지었다.

"잘되었군요."

"음?"

"제 검을 좀 봐주시겠습니까?"

딱히 마다할 이유가 없었다. 적연은 가볍게 고개를 끄덕이며 임지령을 뒤따라갔다.

"검이라면?"

"아, 저번에 수룡왕 때의 일입니다."

실상 임지령은 그 이후로 고민을 하고 있었다. 검에 자신을 내맡겼던 그때의 살육전을 말이다.

"조금 부끄러운 이야기이기는 하지만 전 그때까지 실전 경험이 없었습니다. 살인을 해본 적도 없지요."

임지령의 말에 적연은 가볍게 고개를 끄덕였다.

"그렇군."

"하지만 그 이후로 조금은 무섭습니다."

"어떤지 봐달라?"

임지령은 고개를 끄덕였다. 적연은 가볍게 뒤로 물러서며 손을 들었다. 덤벼보라는 의미였다.

"그럼 갑니다."

임지령은 침을 꼴깍 삼키며 검을 들었다.

"타앗!"

땅을 박찬 임지령이 재빠르게 적연에게 다가섰다.

쉬익!

예리한 검날이 공기를 가르며 적연의 목을 노리고 들어왔다. 적연은 눈 하나 깜빡이지 않은 채 그 모습을 응시하고 있었다.

순간 임지령의 눈이 크게 치켜떠지며 몸을 틀었다.

검날이 적연의 목 언저리에 닿았다가 뒤로 빠졌다. 임지령은 눈을 끔벅였다.

"왜 피하시지 않으십니까?"

방금 전의 상황으로 인해 놀란 가슴을 부여잡은 채였다. 적연은 무심한 표정으로 어깨를 으쓱했다.

"피할 필요가 없었으니까."

"그게 무슨?"

"자네는 애초부터 날 죽일 생각 따위는 하지 않았지?"

"그거야 당연한 것 아닙니까?"

적연은 눈살을 찌푸렸다.

"뭘 그리 재는 건가?"

"하, 하지만… 이건 단지 대련인데."

임지령은 이해를 하지 못하겠다는 표정으로 눈을 끔벅이고 있었다. 적연은 가볍게 손을 털었다.

"죽일 각오로 하게."

"그렇지만……."

"검은 살인 무기다."

"……!"

"그 어떤 미사여구로 치장하더라도 부정할 수 없는 사실."

검이 왜 만들어졌는가. 살인을 위해 만들어진 것이다.

"어떤 상태에서도 마찬가지."

적연은 주위를 둘러보다가 땅바닥에 구르고 있는 나뭇가지 하나를 들었다.

둥!

순간 적연이 임지령과의 거리를 좁히며 나뭇가지를 휘둘렀다.

뻑!

"억!"

임지령이 비명성을 지르며 바닥에 나뒹굴었다.

"휘둘러라. 그리고 베어버려."

적연은 가볍게 몸을 돌리며 무심한 어조로 말을 이었다.

"그럴 수 없다면 검을 버리는 것도 좋겠지."

뚜벅뚜벅.

"거기 서십쇼."

아래로 내리깔려 있던 적연의 고개가 들려졌다.

임지령의 목소리에 전에 느낄 수 없었던 단호함이 느껴졌기 때문이다.

"뭐지?"

"다시 한 번 받아주십시오."

적연은 고개를 끄덕였다.

스으으.

검을 든 임지령의 기세가 바뀌었다. 음습하고 끈적끈적한 느낌이었다.

임지령은 지그시 눈을 감은 채 중얼거렸다.

"검에 내맡겨라."

적연의 말이 맞다. 검은 부정할 수 없는 살인 병기.

휘두르지 않으면 의미가 없다. 또한 그 궁극적인 목표는 살생이다. 그것이 검의 존재 가치다.

번쩍.

임지령의 안광이 번뜩이며 적연을 향해 달려들었다. 순간 적연의 눈썹이 꿈틀거렸다.

'살기다.'

하지만 무언가 이상하다.

살기의 농도가 지나치다. 더욱이 이 근원지는…….

'저 녀석이 아니다.'

임지령이 뿜어내는 살기가 아니었다. 그것은 바로,

"검?"

투학!

순간 임지령이 땅을 박차며 적연과의 거리를 좁혔다. 순간 적연이 눈을 부릅뜨며 뒤로 몸을 뺐다.

씨앙!

등 뒤에서 부드럽고 빠르게 검이 수평으로 갈라져 나왔다.

'피했다.'

하지만 그것은 적연의 착각이었다. 순간적으로 임지령이 목을 앞으로 숙이며 있는 힘껏 팔을 뻗은 것이다.

펄럭!

적연의 앞 옷섶이 베어졌고, 적연의 눈이 꿈틀거렸다.

'빌어먹을.'

적연은 몸을 숙이며 임지령의 턱을 주먹으로 올려 쳤다.

빡! 하는 소리와 함께 임지령이 뒤로 벌러덩 나뒹굴었다.

꿈틀꿈틀!

임지령의 몸이 세차게 꿈틀거리고 있었다. 하지만 몸이 말을 듣지 않았다.

"괜찮은가?"

적연이 손을 뻗었다.

"끄윽… 예."

임지령은 신음성을 흘리며 적연의 손을 붙잡고 상체를 일으켰다.

"이번에는 제대로 휘둘렀어."

적연은 자신의 베어진 옷을 가리켰다. 임지령은 희미한 미소를 지으며 고개를 끄덕였다.

'으음…….'

침음성이 흘러나왔다. 적연의 시선은 임지령의 손에 쥐어진 검에 다가가 있었다. 심상치 않은 살기.

'분명 그때의 살기의 발원지는 검이었다.'

뭐라고 설명해야 할까. 순식간에 임지령이 검에게 조종당하는 것 같은 느낌이었다.

살기가 너무도 짙은 검이다.

상황에 따라서는 주인을 해할 수도 있을 만큼.

적연은 검을 검집에 집어넣는 임지령의 모습을 잠시 바라보았다.

뚜벅뚜벅.

적연이 처소로 돌아오자 제갈여진이 기다리고 있었다.

"어디 갔다 왔어요?"

"그냥 잠시."

"그렇군요."

제갈여진은 가볍게 고개를 끄덕였다.

"무슨 일이지?"

"오늘 회식하기로 했잖아요. 기억 안 나요?"

"아……."

그제야 오늘 그러한 약속이 있었음을 기억했다. 남오장으로 취임한 후 여러 가지 일 때문에 차일피일 미루고 있었다.

'귀찮은데.'

적연은 눈살을 찌푸리며 제갈여진을 바라보았다.

회식에 대한 기대감 때문인지 제갈여진의 눈이 초롱초롱 빛나고 있었다.

거절할 수가 없었다.

"알겠소."

적연은 낙담한 표정으로 고개를 끄덕일 수밖에 없었다.

그리고 한 시진 후, 적연은 무림맹 밖에 위치한 객점에 자리를 잡고 앉았다.

저녁 시간임에도 불구하고 객점 안은 빈자리가 많았다. 더욱이 안의 공기는 싸늘하기 그지없었다.

손님들은 무언가 조심스러운 표정으로 말소리를 낮춘 채 술잔을 기울이고 있었다.

임지령과 제갈여진은 무언가 이상하다는 표정으로 고개를 갸웃거렸다.

"무엇을 가져다 드릴까요?"

때마침 다가온 점소이의 태도 역시 마찬가지였다. 이상하기는 했지만 일단은 그러려니 했다.

"술하고 가장 자신있는 음식으로 내와."

임지령의 말에 점소이가 공손하게 주문을 받았다. 적연이 눈을 번뜩이며 말했다.

"만두도."

제갈여진은 말도 안 된다는 표정으로 고개를 내저었다.

"이런 자리에서 만두라니요?"

"만두."

적연은 표정을 굳히며 점소이를 빤히 쳐다보았다.

번뜩이는 안광에 점소이가 한차례 몸을 움찔하더니 후닥닥 주방 쪽으로 달려갔다.

물론 '신속하게 가져다 드리겠습니다' 라는 말을 잊지 않았다.

"우하하!"

"크하하!"

그때 객점 이층에서 커다란 웃음소리가 들려왔다. 자연스럽게 세 사람의 시선이 그쪽으로 향했다.

"우하하!"

시끄러운 웃음소리가 객점 안을 쩌렁쩌렁 울렸다.

점소이가 술부터 내왔을 무렵, 임지령이 참지 못하고 물었다.

"위에는 누군가?"

"아… 이층에 무림맹 분들이 단체로 오셨습니다."

"그렇군. 그런데 여기 일층 분위기는 왜 이렇고?"

임지령의 물음에 점소이가 속삭이듯 대답했다.

"맹의 분들이 조금……."

뒷말은 듣지 않아도 뻔했다. 아마도 있는 대로 행패를 부린 것이리라.

"문제라니까."

제갈여진의 투덜거림에 점소이가 화들짝 놀라며 조용히 하라는 손짓을 했다.

"들리겠습니다."

"들리면 어때서?"

"손님들이 봉변이라도 당하실까 봐 그렇지요."

점소이의 목소리는 떨리고 있었다.

분위기가 지랄 맞든 어떻든 간에 오로지 주방 쪽을 주시하고 있던 적연이 말했다.

"내 만두 나왔다."

"예?"

"어서 가져와. 식으면 맛없다."

점소이가 만두를 가져다 놓자 적연은 언제나처럼 만두의 오묘한 맛을 음미하며 먹기 시작했다.

그 와중에 겁도 없이 만두를 집었다가 적연의 눈빛 공격을 당한 임지령은 한참 동안 몸을 떨어야 했다.

뒤이어 음식이 나오고 조촐하게나마 세 사람의 회식이 시작되었다.

"몸은 괜찮나?"

적연의 물음에 임지령이 턱가를 매만지며 씨익 웃었다.

"예. 하지만 상당히 아팠습니다."

"그런가."

적연은 고개를 끄덕이며 다시 한 번 임지령의 허리춤에 차여져 있는 검을 바라보았다.

"무슨 말이에요?"

궁금함을 참지 못한 제갈여진이 물어왔다. 임지령이 씩 웃었다.

"남자들만의 비밀입니다."

"쳇."

제갈여진은 볼을 살짝 부풀리며 투덜거렸다.

"그건 그렇고……."

임지령은 빈 의자를 바라보며 서운한 표정을 지었다. 평소라면 저곳에 해월령이 앉아 있어야 했다. 그러나 이제는 그렇지가 못하다.

그리 길지 않은 시간이었지만 그에게 있어 해월령은 각별했다. 실전을 겪어보지 못한 그에게 많은 도움을 주었기 때문이다.

처음 시작이 어렵다는 이야기가 있다. 무림에서 살아가려면 피를 보는 것은 필수 불가결하다.

언제까지고 두려워만 할 수는 없는 일이란 소리다. 처음으로 사람을 죽인 임지령이 공황 상태에 빠지지 않도록 도와준 것은 해월령이었다.

'그리고…….'

임지령은 적연을 바라보았다.

'그토록 많은 것을 온전히 깨우쳐 준 것은 적연님이지.'

저돌적인 돌진과 잔인하다 싶을 정도의 손속. 나름대로 임지령에게 있어 많은 것을 깨닫게 해준 두 사람이었다. 또한 오늘의 일도 그러하고.

"기주님도 참석하셨으면 좋았을 텐데."

임지령의 말에 제갈여진이 빙그레 미소를 지었다.

"그럴 줄 알고 불렀어요. 조금 늦어질지도 모른다고는 했지만 오기는 올 거예요."

"아, 그렇소?"

임지령의 표정이 환해졌다. 제갈여진은 한쪽 눈을 찡긋하며 적연을 바라보았다.

"괜찮지요?"

우적우적.

적연은 만두를 먹는 데 온통 신경이 집중되어 있었다.

"상관없대요."

멋대로 결론을 내려 버리기까지 했다.

잠시 후, 만두를 모두 먹어치운 적연이 만족스러운 표정을 지었다. 그러자 제갈여진이 잔에 각기 술을 따라주었다.

"축하드려요."

"고속 승진이군요."

제갈여진과 임지령의 말에 적연이 술잔을 들었다.

그렇게 한 시진 정도가 지났다.

"안 오네?"

제갈여진이 게슴츠레한 눈으로 객점 문을 바라보며 투덜거렸다. 탁자 위에는 네 개의 술병이 뒹굴고 있었다.

어느새 임지령은 탁자에 머리를 박은 채 잠들어 있었다.

"무슨 남자가 이렇게 술이 약하담? 일어나 봐요."

제갈여진이 임지령의 머리를 툭툭 쳤다.

"으으음."

임지령은 거친 손길에 몸을 뒤척였지만 정신을 차리지는 못했다.

"쳇."

제갈여진은 콧방귀를 뀌더니 맞은편에 앉아 묵묵히 술잔을 기울이고 있는 적연에게 시선을 주었다.

배시시.

해맑은 미소가 머금어졌다.

"장주님~ 술 세네요~?"

혀도 좀 꼬인 것 같다. 아닌 게 아니라 제갈여진의 얼굴은 새빨갛게 달아올라 있었다.

그에 반해 적연은 멀쩡했다.

"그만 마시는 게 좋을 것 같군."

"더 마셔요."

적연은 고개를 설레설레 저었다.

"우하하!"

또다시 시끄러운 소리가 들려오자 제갈여진의 눈살이 찌푸려졌다. 이층의 웃음소리는 여전히 이어지고 있었다.

"후우."

적연은 한숨을 내쉬더니 몸을 일으켰다. 더 이상 해월령을 기다릴 수는 없었다.

터벅터벅.

그때 계단에서 어지러운 발걸음 소리가 들려왔다. 이층의 술자리가 끝이 난 모양이다.

"그만 일어나지."

적연이 제갈여진을 다독였다. 하지만 그녀는 그야말로 요지부동이었다.

"조금만 더 기다려 봐요."

"어라라?"

그리고 들려온 소리에 적연이 고개를 들었다. 계단을 내려오는 이들 중 낯이 익은 한 여인이 있었다.

"여기는 웬일이지요?"

동오장 봉유경이 뜻밖이라는 표정으로 적연을 바라보고 있었다.

"회식인가요?"

봉유경의 물음에 적연이 가볍게 고개를 끄덕였다. 그러자 뒤따르던 사내들이 호기심 어린 표정으로 말했다.

"저자가 새로운 남오장입니까?"

"그래. 기주의 호위무사라더구나."

비웃음을 머금은 봉유경의 말에 수하들이 경박하게 웃었다.

제갈여진의 표정이 굳어졌다.

"왔으면 얼굴을 비추지 그랬어요? 혹시 알아요? 우리한테 얻어먹게 될지?"

봉유경의 말에 옆에 서 있던 수하들이 박장대소를 터뜨렸다.

"짓궂은 농은 그만두세요!"

참다못한 제갈여진이 언성을 높였지만 좌중의 분위기는 바뀌지 않았다.

"크윽!"

제갈여진이 입술을 꽉 깨물었다.

"엄연히 당신과 같은 장주가 아닙니까?"

그럼에도 불구하고 그들의 비웃음은 끊이지 않았다.

적연은 그들을 지그시 바라보고 있었다. 참으로 얄궂은 인연이었다. 불과 얼마 전 만난 자들과 이런 곳에서 마주치게 될 줄은 몰랐다.

'아무래도 밉보였던 모양이군.'

이쯤 되면 노골적이라 할 수 있었다.

스륵.

그때 방금 전까지 적연 일행이 앉아 있던 탁자에서 소리가 났다.

"더 이상은 못 들어주겠군."

잠들어 있다고 생각했던 임지령이 몸을 일으킨 채 안광을 번뜩이고 있었다. 언제 술을 마셨냐는 듯 꼿꼿한 자세였다. 제 갈여진의 안색이 환해졌다.

"좀 괜찮아요?"

"아아⋯ 조금 잤더니 괜찮소. 골이 좀 띵하기는 하지만."

임지령은 한두 차례 머리를 흔들더니 앞으로 나섰다.

"이토록 시비를 거는 이유가 무엇이오?"

"당신은?"

"검각의 임지령이외다."

"제갈세가의 제갈여진이에요."

봉유경 뒤에 서 있던 사내들이 수군수군거렸다. 검각이라면 현 무림에서도 검으로 으뜸가는 곳이었다. 제갈세가의 경우는 예로부터 기관진식이나 빼어난 두뇌로 무림맹에서도 핵심 직위를 독차지하는 가문이었다.

비록 이들 역시 무림의 한다 하는 가문 출신이었지만 검각이나 제갈세가에 비할 바는 되지 못했다.

자연스럽게 기세가 조심스러워졌다.

아닌 이도 있었지만.

봉유경은 그게 뭐 대수냐는 표정으로 말문을 열었다.

"어느 가문의 사람인 것은 중요하지 않아요. 현재 직위가 다르거든요."

"크윽."

임지령이 침음성을 흘렸다.

그런 것을 떠나 현 직책으로 따지자면 봉유경은 자신보다 윗사람이었다.

"우리가 관심있는 것은 남오장뿐이에요. 두 사람은 좀 빠지시는 게 어떨까요?"

"그러도록 해."

적연이 제갈여진과 임지령을 바라보며 말했다. 두 사람은 걱정스러운 표정을 지었지만 어쩔 수가 없었다.

봉유경이 적연에게 손가락질을 하며 말했다.

"아까는 참으로 무례하기 짝이 없더군요."

적연은 어깨를 으쓱했다. 봉유경이 불쾌하다는 표정을 지었다.

"천하군요. 출신 성분이 그러하니 뭐."

"저자의 출신이 어떻기에 그럽니까?"

수하들의 물음에 봉유경이 히죽 웃으며 짐짓 큰 소리로 외쳤다.

"낭인이라고 하더구나!"

"낭인?"

뒤에 있던 수하들이 놀랍다는 표정으로 수군거리기 시작했다. 그것은 임지령 역시 마찬가지였다.

그 역시 적연이 낭인임은 몰랐기 때문이다.

하지만 그뿐이었다. 출신 성분을 떠나 적연이란 사내를 믿었기 때문이다.

"낭인? 세상에, 무림맹도 말세로군."

"그러게 말이야. 천박한 낭인이 어찌……."

갈귀머리를 한 사내의 말에 적연의 입꼬리가 말려 올라갔다.

"천박한 낭인이라……."

나지막한 중얼거림과 함께 적연의 눈이 가늘어졌다. 적연은 천박한 낭인이라 말한 무사를 바라보며 말문을 열었다.

"또 한 번 그딴 소리를 입에 올려봐. 죽는다."

위협적인 어조였지만 돌아온 것은 어이없다는 표정뿐이었다.

"말투 역시 천하기 그지없군요."

쏘아붙이는 봉유경의 말에 적연이 짙은 미소를 흘렸다.

"무슨 상관이지?"

"자격이 없다는 소리예요, 당신 같은 사람은."

봉유경이 딱 부러지는 어조로 잘라 말했다.

임지령이 앞으로 나서며 외쳤다.

"더 이상은 묵과할 수 없다!"

촤창!

그 순간 봉유경의 뒤에 있던 수하들 역시 무기를 뽑아 들었다.

객점 안의 분위기는 그야말로 눈 깜짝할 새에 싸늘하게 변했다. 중간에 선 제갈여진이 발을 동동 굴렀다. 설마 이 지경까지 오리라고는 예상 못했기 때문이다.

"호오."

봉유경은 의미심장한 미소를 지으며 임지령을 지그시 바라보았다.

"해보자는 건가요?"

"이 이상의 모욕은 사양하겠다!"

임지령이 단호하게 소리쳤다. 그 모습을 바라보고 있던 적연이 임지령을 가로막았다.

"가만있어."

"하지만!"

"가만있으라고."

적연의 어조가 낮게 가라앉았고, 임지령은 몸을 한차례 부르르 떨었다.

'이 기세!'

압도적인 강자의 모습.

"알겠소."

임지령은 수그러든 기세로 한 걸음 물러섰다. 적연은 고개를 들어 봉유경에게 시선을 주었다.

"볼일이 있는 것은 나겠지?"

"잘 아네요?"

"그럼 모를까 봐?"

쏴아!

봉유경의 얼굴이 일순간 딱딱하게 굳어졌다.

"배짱 좋군요. 이 상황에서 농담할 여유가 있다니."

적연은 어깨를 으쓱하며 여유로운 미소를 지어 보였다.

"난 여기 있어. 어디, 하고 싶은 대로 지껄여 봐."

"이 무례한 자!"

봉유경이 참지 못하고 언성을 높였다. 그때 적연이 발걸음을 떼어 앞으로 성큼 다가섰다.

주춤!

적연의 번뜩이는 눈동자가 얼굴 앞까지 들이밀어졌다. 봉유경은 반사적으로 뒤로 물러섰다가 수치심에 얼굴을 붉혔다.

놀림당한 것이나 다름없었다.

"네 이놈!"

그 순간 봉유경의 뒤에서 상황을 보고 있던 무사가 앞으로 성큼성큼 걸어나오더니 일장을 출수했다.

"훗!"

적연은 가볍게 몸을 틀어 공격을 피해내며 앞으로 치고 들어갔다.

"헉!"

무사가 화들짝 놀라며 헛바람을 삼켰다. 적연의 얼굴이 그의 눈앞에 들이밀어진 탓이었다.

"먼저 공격한 거군."

"뭐?"

빡!

무사의 몸이 뒤로 쭉 튕겨 나가더니 삼 장여의 거리를 날아갔다.

"아……!"

봉유경은 황당한 표정으로 탄성을 터뜨렸다.

움찔움찔.

무사는 격렬하게 몸을 꿈틀거리다가 축 늘어졌다.

"이게 무슨 짓인가요?"

"공격을 당했으니 반격했을 뿐."

봉유경은 이를 으드득 갈며 적연을 노려보았다.

"이러고도 무사할 줄 알아요?"

"정확히 해. 먼저 공격한 것은 그쪽이야."

그것은 엄연한 사실이었다. 분명 먼저 공격을 가한 것은 봉유경 쪽이었다.

'크윽.'

봉유경은 분한 표정을 지었다.

'오늘은 때가 아니야. 하지만 이 수모는 곧 갚아주겠어.'

생각 같아서는 이곳에서 판을 벌이고 싶었지만 감정적으로 가서는 안 됨을 알고 있었다.

"이만 돌아가자."

봉유경의 말에 수하들이 동요하는 표정을 지었다. 이런 수모를 당한 이상 그냥 물러선다는 것은 말도 안 된다고 판단했다.

"명령이다!"

참다못한 봉유경이 언성을 높였다. 그제야 수하들은 쓰러진 무사를 들쳐 업었다.

적연은 그 모습을 바라보다가 문득 입을 열었다.

"누가 가도 된다고 했나?"

봉유경이 기세를 끌어올렸다.

"진정 끝을 보고 싶은 건가요?"

적연은 히죽 미소를 지으며 손가락을 까닥였다.

으드득!

봉유경의 수하들이 진득한 살기를 뿜어내며 적연을 노려보았다. 금방이라도 달려들 듯한 기세였지만 일에는 순서가 있는 법이다.

수하들이 봉유경을 바라보았다. 지금 중요한 것은 그녀의 명령이었다.

봉유경은 주먹을 꽉 쥐며 눈알을 이리저리 굴렸다.

'어쩌지?'

복잡한 상황이었다. 쉽사리 움질일 수가 없다. 물러서자니 자신의 체면이 깎일 것이다.

'저놈 때문에……'

봉유경은 이빨을 으드득 갈았다.

괜히 나서는 바람에 상황이 복잡하게 되어버렸다.

속으로 이런저런 생각을 굴리고 있는 봉유경과는 달리 적연은 여유로운 표정으로 이죽거리기까지 했다.

"오려면 와라. 난 피하지 않는다."

더 이상 참을 수 없다고 생각한 것일까. 수하들이 하나둘 분개하며 봉유경을 향해 외쳤다.

"명을 내려주십시오!"

"더 어상은 참을 수 없습니다!"

'바보 자식들.'

봉유경은 아무것도 모른 채 입만 놀리는 수하들을 바라보며 속을 태웠다.

"후우."

적연은 그 모습을 바라보며 가볍게 한숨을 내쉬고는 뒤에 서 있는 제갈여진과 임지령에게 시선을 주었다.

"가지."

"예."

제갈여진은 다행이라는 표정으로 안도하는 표정을 지었지만 임지령의 경우에는 꽤나 분했는지 씩씩거렸다.

"가자고."

"…예."

거듭 적연이 말하고서야 임지령은 고개를 끄덕였다.

저벅저벅.

적연이 천천히 걸음을 옮길 무렵이었다. 봉유경의 바로 뒤에 서 있던 갈귀머리사내가 비웃음 섞인 어조로 입을 열었다.

"천한 낭인 놈, 주제를 알거라!"

조금 전 천한 낭인이란 말을 입에 담았던 자다.

슥.

적연의 발걸음이 멈춰졌다.

툭!

"아얏!"

뒤를 따르던 제갈여진의 얼굴이 적연의 등에 부딪쳤다. 두 손으로 콧가를 매만지며 고개를 갸웃거리던 제갈여진의 안색이 순식간에 새하얗게 질렸다.

"아아!"

제갈여진은 공포에 질린 음성을 흘리며 뒷걸음질쳤다.

그야말로 엄청난 기세였다.

적연은 몸을 돌려 갈귀머리사내를 바라보았다.

"그딴 소리를 입에 담으면 죽는다고 했을 텐데?"

그간 여유롭던 말투는 온데간데없었다. 살을 엘 듯한 날카로운 예기가 적연의 몸에서 뿜어져 나왔다.

"흐윽!"

임지령이 신음성을 토해내며 뒤로 물러섰다.

저벅.

적연이 천천히 갈귀머리사내를 향해 걸음을 옮기기 시작했다.

제갈여진과 임지령이 느낀 기세는 봉유경도 느끼고 있었다.

'이, 이건…….'

처음 느껴진 감정은 당혹스러움이었고, 뒤이어 공포가 엄습했다.

눈을 번뜩이며 다가오는 적연의 모습에 봉유경의 심장이 미친 듯이 뛰었다.

어떻게든 피하고 싶었지만 몸이 움직여지지 않았다.

'거짓말이야.'

이럴 리가 없었다. 적연은 천한 낭인이 아니던가. 그런데 어째서인가. 아무런 행동도 취할 수가 없었다.

어째서 자신이 공포심을 느껴야 하는가.

"이… 이……."

봉유경은 주먹을 꽉 움켜쥐었다. 이대로 주저앉을 수는 없었다. 무림맹을 이루는 가신 가문 중 한곳인 봉씨가의 금지옥엽이 바로 자신이다. 용납할 수가 없었다.

저벅저벅.

하지만 적연이 봉유경의 옆을 지나갈 때까지 아무런 행동도 취하지 못했다.

그녀를 처다보려 하지도 않았다. 안중에도 없는 것이다.

처음에는 봉유경 자신에 대한 분노와 수치심에 몸을 부르르 떨었다. 뒤이은 감정은 적연을 향한 맹목적인 적개심이었다.

고개만 돌리면 적연의 등이 보일 텐데.

공격을 가할 수 있을 것 같은데.

움직일 수가 없다.

주륵.

꽉 깨문 입술에서 피가 배어 나와 턱가를 타고 흘러내렸다.

분했다. 너무도 분했다.

'이 굴욕은 꼭 갚아줄 테야. 두고 봐.'

봉유경은 뼈에 사무치는 심정으로 몇 번이고 다짐했다. 하지만 그것을 알 리 없는 적연의 몸은 갈귀머리사내를 향해 천천히 거리를 좁혀가고 있었다.

갈귀머리사내의 안색은 그야말로 핏기 하나 없이 새하얗게 질려 있었다.

성큼성큼.

적연이 갑작스럽게 발걸음에 속도를 붙이며 보폭을 넓게 했다.

"으, 으아아!"

순간 갈귀머리사내가 비명성을 토해냈다. 번들거리는 눈동자가 탐욕스럽게 가까워져 왔다.

"그만둬요!"

그 순간 객점 안을 쩌렁쩌렁 울리는 소리에 적연의 발걸음이 멈춰졌다.

"령아?"

제갈여진이 정신을 차리더니 환한 미소를 지으며 외쳤다. 그만큼 지금의 상황이 심각했음을 대변하는 것이었다.

해월령은 객점 문 앞에 선 채 눈을 동그랗게 뜨고 있었다.

"이게 도대체 어떻게… 흑!"

의아한 어조로 중얼거리며 안쪽으로 걸어 들어오던 해월령이 신음성을 터뜨렸다.

찌릿! 찌릿!

몸이 한차례 부르르 떨렸다. 날카로운 검날이 몸 전체 구석구석을 파고드는 듯한 느낌이었다.

해월령은 힘겹게 고개를 들었다. 이 기세를 내뿜는 이가 누구인지 확인해야 했기 때문이다. 그리고 그녀의 시선에 눈을 번뜩이는 적연의 모습이 또렷하게 잡혀 들어왔다.

"그, 그만 해요."

짜내듯 내뱉은 소리는 너무도 작았다. 당연히 적연에게서 대답이 있을 리가 없었다.

해월령은 필사적으로 숨을 고른 뒤 배 아래쪽부터 힘을 짜내어 목소리를 토해냈다.

"이 빌어먹을 것 좀 그만 뿜어내!"

파앗!

적연이 뿜어내던 기세가 순식간에 사그라들었다.

"하아!"

털썩! 털썩!

그와 동시에 여기저기서 한숨 소리가 들리며 사람들이 땅바닥에 주저앉았다.

똑… 똑…….

제갈여진의 이마에 맺힌 식은땀이 땅바닥에 떨어졌다. 그것
은 다른 이들 역시 마찬가지였다.

턱 막혔던 숨통이 뚫리자 상쾌함이 몰려왔다. 제갈여진과
임지령은 옷소매로 이마를 슥 닦아낸 뒤 고개를 들었다.

바닥에 두 발을 디딘 채 우뚝 서 있는 적연의 뒷모습이 보였
다.

"후우."

임지령이 한숨을 토해내며 맥이 풀린 표정으로 고개를 푹
떨궜다.

매가리가 하나도 없었다.

그런 임지령과 제갈여진을 뒤로하고 적연은 해월령에게 시
선을 주었다. 해월령은 잠시 호흡을 고른 뒤 양손을 허리춤에
얹었다.

일단 어떻게 된 일인지 알아야 했다.

"무슨 일이죠?"

"……."

당연히 적연에게서는 대답이 없었다. 해월령은 봉유경에게
시선을 돌리며 입을 열었다.

"동오장, 어찌 된 일인지 설명해 봐요."

"칫……!"

봉유경은 고개를 떨궜다. 어찌 대답할 수 있겠는가. 더욱이

이런 수치스러운 일을 당하고.

둘 다 대답할 기미가 보이지 않자 해월령의 눈썹이 위로 치켜 올라갔다.

"동오장!"

객점 전체를 꿰뚫는 쩌렁쩌렁한 외침에 봉유경은 뒤에 서 있는 자신의 수하들을 힐끗 바라보았다.

"가자."

"예."

"거기 서세요!"

해월령은 객점 문으로 걸어가는 봉유경을 바라보며 언성을 높였다. 봉유경의 발걸음은 멈추지 않았다.

이윽고 객점 안에는 적연을 비롯한 네 사람만이 우두커니 서 있게 되었다.

해월령은 주먹을 꽉 쥐며 적연에게 성큼성큼 다가갔다.

"어떻게 된 일인지 들어야겠어요."

적연은 해월령을 잠시 내려보다가 어깨를 으쓱하고는 몸을 돌렸다. 그 뒤를 임지령이 뒤따랐다.

제갈여진은 힐끗 해월령을 바라보다가 흠칫 놀랐다.

어느새 다가온 해월령이 제갈여진의 어깨를 부여잡았다.

"이야기해 줘야겠어."

"아, 어……."

제갈여진은 눈을 끔벅이며 고개를 끄덕였다.

                    *   *   *

　"이맘때쯤이면 그 녀석도 무한에 도착했겠지?"

　죽립인은 나지막이 중얼거리며 걸음을 옮기고 있었다.

　'이름이… 적연이라고 했던가?'

　천하의 일월궁주가 무림맹에 숨어들면서까지 만난 아이.

　'한번 네 기량을 알아보겠다.'

　만약 죽립인이 보낸 사람에게 죽는다면 그것으로 끝이다. 그 정도밖에 되지 않는 녀석이었다 치면 된다. 하지만 만에 하나 이겨낸다면?

　죽립인은 피식 미소를 지었다.

　'그럴 리가 없지.'

　죽립인이 상념을 접으며 뒤로 시선을 돌렸다. 뒤따라오고 있는 남녀가 보였다.

　"얼마나 더 가야 하지?"

　사내의 물음에 옆에서 걷던 여인이 눈살을 찌푸리며 퉁명스럽게 입을 열었다.

　"전 이제 당신의 시비가 아니에요. 말씀 높이세요."

　"크읔."

　여인의 타박에 사내가 고개를 떨궜다. 그렇다. 이제 그녀는 자신의 시비가 아니었다.

　사내는 해월가에서 쫓겨난 해월천이었다. 그리고 옆에서 걷는 여인은 얼마 전까지 무림맹에서 해월천의 시비 행세를 하던 그녀였다.

그 모습을 바라보던 죽립인이 온화한 목소리로 말문을 열었다.

"예상보다 여유로운 것 같아서 마음이 놓이는군."

순간 시비의 안색이 창백하게 질렸다.

"감히 무례를 저질렀습니다. 소녀를 벌해주십시오!"

그녀는 곧바로 무릎을 꿇고 앉으며 더러운 흙바닥에 이마를 쿵! 하고 찍었다.

몸은 바들바들 떨리고 있었고 이마에는 식은땀이 솟아 있었다.

죽립인은 손을 내저었다.

"별다른 뜻은 없었다. 그만 일어나거라."

"예!"

시비는 단번에 몸을 벌떡 일으켰다. 하지만 경직된 자세는 그대로였다.

해월천은 고개를 갸웃거렸다. 자신을 거둬준 것도, 또한 그녀를 구해온 것도 죽립인이었다. 하지만 아직까지 정체를 모르고 있다.

시비의 지나칠 정도의 깍듯함으로 보아 상당히 위의 인물임에는 틀림없다고 생각했지만.

"…이 정도라면 알려줄 때도 되지 않았… 습니까?"

해월천의 물음에 시비는 날카로운 눈짓을 주었다. 감히 알려 하지 말라는 표정이었다.

괜히 머쓱해질 무렵 죽립인이 껄껄 웃었다.

"그만 하거라. 저 청년의 말이 맞다."

얼굴을 가리고 있던 죽립을 벗자 하얀 백발을 늘어뜨린 노인의 얼굴이 드러났다.

'역시 엄청난 기도다.'

해월천의 얼굴이 굳어졌다. 단지 눈을 마주쳤을 뿐인데 몸 전체가 굳어지는 듯한 느낌이었다.

"나에 대해 말하기 전에 한 가지 묻고 싶은 것이 있네."

"…마, 말씀하십시오."

해월천은 자기도 모르게 허리를 숙이며 예를 취했다.

"자네를 얻기 위해 우리는 엄청난 대가를 치러야 했다네. 알고 있나? 이를테면… 궁귀에게 죽은 삼백의 교도들."

해월천의 표정이 돌처럼 딱딱하게 굳어졌다.

"우리의 힘을 빌었으니 자네도 그만큼 대가를 치러야겠지?"

"…예."

"자네는 배화교의 교도로서 주어진 임무를 다할 것을 맹세하는가?"

백발노인은 표정을 굳히며 해월천의 얼굴을 지그시 바라보았다. 해월천이 주먹을 꽉 쥐었다.

'난 돌아간다. 그리고……'

해월천을 축출시킨 가문과 저주스러운 해월령, 그리고 마지막으로 떠오르는 얼굴은 적연이었다.

부르르.

순간 해월천의 몸이 한차례 떨렸다. 그 끔찍했던 순간이 다시금 떠오른 탓이었다.

뿌드득.

해월천이 이를 꽉 다물었다.

'분명 그때는 그랬어. 하지만 이 다음에 만날 때는 그렇지 않을 거야. 두고 봐라, 적연.'

생각을 마친 해월천이 더 볼 것도 없다는 표정으로 대답했다.

"예."

백발노인은 가볍게 고개를 끄덕였다.

"너는 오늘부터 자랑스러운 배화교의 교도니라."

"많은 가르침을 내려주십시오!"

"패기가 있어서 좋다."

백발노인은 손을 뻗어 해월천의 어깨를 두드려 주며 말을 이었다.

"그간 이 늙은이의 정체가 궁금했을 것이야. 그렇지?"

"그, 그렇습니다."

해월천의 대답에 둘 사이를 관찰하던 시비가 말했다.

"절을 올리십시오. 광명우사십니다."

쿵!

배화교의 교주 바로 밑으로는 두 개의 직위가 있다.

광명좌사와 광명우사. 그러나 현재 배화교에는 광명우사만

이 있었다. 광명좌사가 일월궁으로 가버렸기 때문이다.

실질적으로 배화교의 제이인자라 할 수 있는 엄청난 존재였다.

꿀꺽.

해월천은 침을 꿀꺽 삼키며 그대로 바닥에 꼬꾸라지듯 절을 올렸다.

"불민한 교도가 광명우사를 뵙습니다!"

광명우사는 빙그레 미소를 짓다가 생각난 듯 입을 열었다.

　　　　　*　　　　　*　　　　　*

쾅! 콰직!

처소로 돌아온 봉유경은 손에 잡히는 대로 물건들을 던지며 길길이 날뛰고 있었다. 객점에서의 굴욕이 너무도 분해서 이렇게라도 하지 않으면 참을 수가 없었다.

"어, 어떻게 해."

문밖에 있던 시비가 벌벌 떨었다. 감히 안으로 들어갈 생각조차 하지 못했다. 무슨 봉변을 당할지 알 수가 없었기 때문이다.

"무슨 일이냐?"

"아!"

갑자기 들려온 소리에 고개를 돌린 시비의 눈이 크게 치켜떠졌다. 눈앞에 서 있는 것은 서오장인 진현우였다.

시비는 안도하는 표정을 짓더니 진현우에게 말했다.

"아가씨가……."

"내가 들어가 보마."

진현우는 딱딱하게 굳은 표정으로 문을 열고 들어갔다.

어두운 방 안의 광경은 난잡하기 그지없었다.

깨진 도자기 조각이나 옷가지가 방바닥 이곳저곳을 구르고 있었다.

"심하군."

진현우가 침음성을 흘리며 고개를 설레설레 저을 무렵이었다.

"누구야!"

빛이 들지 않아 어두운 방 한 켠에서 한 쌍의 번뜩이는 눈동자가 보였다. 진현우는 눈가를 가늘게 했다.

이윽고 희미하던 윤곽이 점점 또렷해져 갔다.

"무슨 일이지?"

진현우는 방바닥에 주저앉아 거친 숨을 몰아쉬고 있는 봉유경에게 다가갔다.

"오지 마요!"

멈칫.

봉유경의 외침에 진현우의 발걸음이 멈춰졌다.

"이런 모습 보여주고 싶지 않아요."

진현우는 빙그레 미소를 지으며 잠시 멈췄던 발걸음을 다시금 옮겼다. 봉유경이 양손으로 얼굴을 가렸다.

"오지 말라니까요!"

진현우는 봉유경의 앞에 쪼그리고 앉으며 얼굴을 감싸고 있는 손을 끌어내렸다.

"괜찮아."

봉유경의 얼굴은 그야말로 엉망이었다. 눈물과 콧물이 범벅이 되어 있었고 머리는 보기 흉하게 흐트러졌다.

진현우는 빙그레 웃으며 옷소매로 봉유경의 얼굴을 부드럽게 닦아주었다.

"예쁜 얼굴이 더러워졌군."

"진 가가."

봉유경은 참았던 울음을 터뜨리며 진현우의 품에 안겨들었다. 진현우는 부드럽게 머리를 쓰다듬어 주었다.

"어찌 된 일인지 말해봐라."

"그, 그게……."

봉유경은 눈물을 닦아내며 천천히 여태까지의 상황을 말했다.

"흐음."

진현우는 침음성을 흘리며 자신의 턱가를 매만졌다.

"그렇군. 그렇게 된 일이군."

"이대로는 너무도 수치스러워요. 복수해 주세요."

눈물을 그친 봉유경이 이빨을 으드득 갈며 진현우에게 말했다. 진현우는 잠시 고심하다가 고개를 내저었다.

"왜죠?"

봉유경이 당장에 으르렁거리며 언성을 높였다.

"지금은 때가 아니다."

"예?"

"위에서 명이 내려왔어."

흠칫!

순간 봉유경의 얼굴이 딱딱하게 굳어졌다.

"무슨······?"

진현우는 잠시 주위를 살피다가 봉유경의 귓가에 입술을 달싹였다.

"에?"

순간 봉유경의 두 눈이 크게 치켜떠졌다. 진현우는 손가락을 입가에 대며 조용히 하라는 신호를 보냈다.

"알겠니?"

"···예."

봉유경은 가만히 고개를 끄덕였다. 왠지 당황해하는 표정이었다.

"이제 어떻게 해요?"

"어떻게 하기는, 아무렇지도 않게 행동하는 거야. 알겠니?"

"진 가가, 난 불안해요."

"불안할 것 없다. 나만 믿어."

진현우의 말에 봉유경이 감동받았다는 표정을 지으며 힘차게 고개를 아래위로 끄덕였다.

"믿어요."

"그래."

진현우는 빙그레 미소를 지으며 봉유경을 다시금 품에 꼭 안아주었다. 향기로운 머리카락 내음이 진현우의 콧가를 간질 였다. 하지만 그의 표정은?

'멍청한 년.'

진현우의 진득한 눈동자가 향한 곳은 봉유경이었다.

봉유경의 방을 나선 진현우는 무림맹의 남쪽에 자리 잡은 정원에 갔다가 뜻밖의 인물과 마주쳤다.

"여어."

"음?"

뒷짐을 진 채 서 있던 적연은 힐끗 고개를 돌렸다.

"뜻밖에도 감상적인 면이 있군."

진현우의 말에 적연은 무뚝뚝한 표정으로 다시금 꽃 쪽으로 시선을 주었다.

"꽃이란 건 아직 생소해. 대막에서는 보기 힘들거든. 하지 만 예쁘군."

"그렇군."

"그건 그렇고, 무슨 일이지?"

적연의 물음에 진현우가 팔짱을 끼며 말문을 열었다.

"동오장이랑 불미스러운 일이 있었다더군."

"버릇없는 계집이었어."

진현우는 피식 미소를 지었다.

"유경이가 좀 철이 없기는 하지."

"친한가 보군."

멀뚱한 적연의 물음에 진현우는 선선히 고개를 끄덕였다.

"아아… 맹에 들어와서 가장 먼저 친해진 녀석이니까."

꽃을 바라보고 있는 적연은 무뚝뚝한 표정으로 말문을 열었다.

"그렇다면 나에게 복수를 해야겠군."

"언젠가는."

"지금은 아니라는 소린가?"

"그래. 때가 아니야."

"아쉽군."

적연은 어깨를 으쓱했다. 진현우는 피식 웃었다.

"자네, 재미있는 사내군."

"별로 그렇지는 않은데?"

"보아하니 꽃 구경할 상황이 아니로군. 난 이만 가봐야겠어."

진현우는 손을 가볍게 내저으며 몸을 돌렸다. 적연은 여전히 꽃을 바라보다가 입을 열었다.

"몸조심하는 게 좋을 거야."

멈칫.

진현우의 발걸음이 멈춰졌다. 하지만 이내 다시금 걸음을 옮기기 시작했다.

적연은 가만히 손을 뻗어 꽃잎을 매만지고 있을 따름이었다.

적연은 자신의 침상 앞에 놓인 종이 쪼가리, 정확히는 그 안의 내용을 바라보며 눈을 동그랗게 떴다.

"일주일 근신?"

내용에는 커다란 글씨로 일주일 근신이란 내용이 쓰여져 있었다. 그리고,

"파검소 기주?"

종이 맨 아래는 파검소 기주의 인이 선명하게 찍혀져 있었다.

와락!

적연은 당장에 종이를 구기며 방을 나섰다.

파검소까지 가는 데는 얼마 걸리지 않았다.

"어머?"

해월령은 적연을 바라보며 의아한 표정을 짓다가 고개를 끄덕였다. 왜 온 것인지 알았기 때문이다.

"봤군요?"

"그래."

적연은 구겨진 종잇조각을 해월령의 책상 위에 힘껏 내려놓으며 말문을 열었다.

"무슨 의미지?"

"무슨 의미라니요? 당연한 것 아닌가요? 동료들과 불미스러운 일이 있었잖아요."

적연의 표정이 굳어졌다.

"별것 아닌 일이었어."

"제가 듣기로는 별것 아닌 게 아니더군요. 파검소의 기주로서 묵과할 수가 없어요."

"크음……."

적연은 침음성을 흘렸다.

"이해할 수가 없군."

"당신이야 이해할 수 없겠지요. 하지만 무림맹의 규정상 어쩔 수 없어요."

해월령은 안타깝다는 표정으로 적연을 바라보며 말을 이었다.

"당신의 가치관은 존중하지만 여기는 무림맹이에요. 이해해 주세요."

"…근신 기간 동안은 무엇을 해야 하지?"

"별것없어요. 사고 치지 말고 자중하고 계세요."

"그뿐인가? 별다른 제약은 없고?"

"예."

해월령이 고개를 끄덕이자 적연은 한숨을 내쉬었다. 수긍할 수밖에 없지 않은가.

"알았다."

적연은 한숨을 내쉬며 몸을 돌려 걸음을 옮기기 시작했다.

"저기요."

"음?"

"어제는 약속을 못 지켜서 미안해요. 조금 늦어졌어요."

"아아……."

적연은 가볍게 손을 저으며 대전을 나섰다.

"으음."

적연은 손으로 자신의 오른쪽 어깨를 주무르며 눈살을 찌푸렸다.

잘못된 자세로 잔 탓인지 어깨가 딱딱하게 굳었다. 돌덩이가 얹어져 있는 것 같은 거북한 느낌에 욱신거리기까지 했다.

적연은 침상에 누워 몸을 편하게 이완시키고는 눈을 감았다.

이윽고 몸 안에 내재되어 있던 기운이 서서히 일어나기 시작했다.

톡톡 튀는 듯하면서도 간지러운 그것은 몸 안을 이리저리 돌아다니며 자극하고 있었다.

그 순간 기운들이 조금씩 꿈틀거리더니 위쪽으로 서서히 올라왔다.

적연은 저항하지 않고 그대로 기운들을 주시했다.

온몸에 퍼져 있던 기운이 모인 곳은 근육이 뭉친 오른쪽 어깨 부위였다.

'음?'

적연의 짙은 눈썹이 꿈틀거렸다.

기운들이 조금씩 뭉친 근육을 자극하는 것이 아닌가.

기이하고도 생소한 경험이었다. 지금까지 기운들의 움직임을 주시하며 이런 적이 한 번도 없었기 때문이다.

'호오!'

적연은 내심 탄성을 터뜨렸다.

'왠지 몸이 늘어진다.'

몸이 완전히 이완된 듯 축 늘어지는 것 같았다. 뭐라고 표현해야 할까. 적연의 몸 전체가 침상으로 쭉 빨려 들어가는 느낌이다.

적연은 자신도 모르게 정신을 잃었다.

그렇게 얼마나 시간이 지났을까.

"으음."

적연은 잠시 신음성을 흘리다가 눈을 떴다.

어느새 바깥은 어두워져 있었다.

"잠들었었나?"

적연은 몸을 일으키다가 눈을 동그랗게 떴다. 그리고 오른쪽 팔을 이리저리 휘둘렀다.

"뭉친 근육이……."

가뿐하다.

"풀렸군."

그뿐만이 아니었다. 몸이 날아갈 듯 상쾌했다.

자고 일어났을 때 머리가 무거운 것도 없이 상쾌하기만 했다.

"호오."

적연은 몸을 이리저리 꺾으며 상태를 살폈다. 결린 부분이 한곳도 없다. 그야말로 최상이었다.

"너… 자가 치료 기능도 있는 거냐?"

적연의 물음에 답하기라도 하듯 안의 기운이 한차례 솟았다가 사라졌다.

"재미있군."

마치 알아듣기라도 하는 것마냥 기운들이 뭉친 어깨 부위로 올라와 자극했다.

잠이 든 것도 이상했다. 의식하지도 못했다.

깨어나 보니 아픈 것이 씻은 듯이 나았다.

적연은 몸을 일으켜 처소를 나섰다. 하늘 한 켠에 자리 잡고 있는 보름달이 적연을 비춰주었다.

처소 앞의 정돈된 정원과 그 앞에 놓인 조그만 연못 위로 보름달이 떠 있었다.

적연은 무슨 생각이 들었는지 검을 뽑아 들고 느릿하게 수평으로 그었다.

스르륵!

갈라진 공기가 검등에 걸리는 느낌이 몸에 전해졌다. 생소한 느낌이었다.

이번에는 빠르게 검을 수평으로 베었다.

피웃!

저항감이 커졌다. 바로 전에는 미약했지만 이번에는 더욱 확실했다. 근육에 힘이 들어가 혈관이 팽팽하게 당겨졌다.

적연은 가볍게 손을 들고는 눈을 감았다.

공기의 흐름과 흩날리는 머리카락이 양 볼을 간질였다.

"흐으음."

옅은 침음성이 끝남과 동시에 적연의 몸이 달빛 아래서 춤을 추기 시작했다.

검의 흐름은 느릿했고, 움직이는 몸짓 역시 그러했다.

윙! 윙! 휘잉!

가볍게 가볍게, 그리고 무겁게.

검날은 달빛을 받아 연신 어둠 속에 한줄기 섬광을 만들어내고 있었다.

그리고 어느 순간,

번쩍번쩍 하고 사라질 뿐이던 섬광이 한줄기가 되어 이어지기 시작했다.

적연은 검을 옆으로 뻗었다가 당겼다. 그 순간 수축되었다가 쭉 펴지는 근육과 혈관의 느낌을 받았다.

몸이 움직임에 따라 심장의 박동 수가 올라가고 장기들이 조금씩 요동치기 시작했다.

부드럽게 움직이면 장기들의 요동도 그만큼 적었고 격하게 휘두르면 그에 비례해 격렬해졌다.

그 순간 가슴 한편이 부르르 떨리며 기이한 느낌을 받았다.

의식하고 있지는 못했지만 그것은 분명히 희열감이었다. 적연의 입가에 맺힌 상기된 미소가 말해주고 있었다.

순간 적연이 팔을 위로 쭉 뻗었다.

우웅! 우우웅……!

검이 부르르 떨리며 맑은 음성을 흩뿌리고 있었다.

번쩍!

언제부터인가 지그시 감겨 있던 적연의 눈이 부릅떠졌다.

피이잉!

허공으로 치솟아 있던 검이 수직으로 떨어져 내리다가 연못의 수면 바로 위에서 멈췄다.

깜박깜박.

적연은 두 눈을 깜박이며 자신의 자세를 바라보고 있었다.

앞으로 기우뚱한 모습과 물 위에서 두 치도 떨어지지 않은 높이에 멈춰져 있는 검끝이 보였다.

"흐음."

적연은 몸을 일으킨 뒤 검을 검집에 집어넣고는 턱가를 매만졌다.

분명 검을 뽑아 몇 번 휘두른 것은 기억난다. 하지만 그 뒤부터는 아무런 기억이 없었다.

정신을 차려보니 이런 꼴사나운 자세를 취하고 있었다는 것밖에는 말이다.

"내가 뭘 하고 있는 거지?"

적연은 고개를 설레설레 저으며 몸을 돌려 자신의 처소로 돌아갔다.

달칵.

문이 닫혔을 무렵, 연못의 수면 위에 엎어져 있던 달이 금이 간 거울처럼 쪼개지며 어긋났다.

第十七章

고통을 느끼지 못하는 자

龍
劍風

"무한인가?"

사내가 고개를 들었다.

커다란 대로와 활기차게 대로를 오고 가는 사람들, 그리고 저 멀리 우뚝 서 있는 무림맹이 보였다.

사내는 품을 뒤적여 서신을 꺼내 펼쳤다.

"이름 적연, 소속은 무림맹."

위에서 내려온 내용은 이것뿐이었다.

착!

사내는 서신을 말아 품에 집어넣고 다시금 걸었다. 그의 발걸음이 향한 곳은 무림맹이었다.

"멈추시오."

무림맹의 정문 앞에 섰을 때 사내의 발걸음을 멈추게 한 것은 위사들이었다.

"여기부터는 일반인이 함부로 출입할 수 없는 곳이오."

위사가 제법 위엄 어린 어조로 말하며 사내에게 다가왔다.

"적연이란 자를 아나?"

무표정한 얼굴의 사내가 입을 열었다. 위사는 고개를 갸웃거렸다.

"적연?"

"이곳 소속이라고 들었다."

"아는 것은 그것뿐이오?"

위사가 어이없다는 표정을 지었다.

"이봐요, 이 무림맹 내에 상주하는 사람이 몇 명인지나 아시오? 달랑 이름 하나 가지고 뭘 어쩔 수 있단 말이오?"

"적연이란 자를 찾아왔다."

"아, 글쎄……."

답답한 위사가 가슴을 탁탁 쳤다.

"무슨 일이죠?"

그때 들려온 목소리에 위사가 고개를 돌렸다가 재빨리 예를 취했다.

"오셨습니까?"

"수고하시네요."

제갈여진은 빙그레 미소를 짓다가 사내를 힐끗 바라보며 물었다.

"저 사람은 뭔가요?"

"아, 글쎄… 달랑 이름 하나만 가지고 와서 사람을 찾아달라지 뭡니까?"

위사의 하소연에 제갈여진이 고개를 끄덕이다가 사내에게 다가갔다.

"찾는 사람이 누군가요?"

"적연."

"에?"

제갈여진의 눈이 크게 치켜떠졌다.

"적연님이요?"

"알고 있나?"

"물론이죠. 그런데 어떤 사이죠?"

사내는 잠시 생각하다가 대답했다.

"친구. 여기에서 일한다고 하던데."

"아, 그러시군요."

제갈여진은 환한 미소를 지었다.

"따라오세요."

"그러지."

사내는 묵묵히 고개를 끄덕이며 앞서 걸어가는 제갈여진의 뒤를 따랐다.

제갈여진은 힐끗 사내의 얼굴을 바라보며 생각했다.

'그런데 무슨 사람의 표정이……'

얼굴에 아무런 표정이 보이질 않는다. 말투 역시 무미건조하기 그지없었고.

'뭐, 나름대로 사연이 있는 거겠지.'

이내 대수롭지 않게 넘긴 제갈여진이었다.

맹 내로 들어온 제갈여진은 면회소로 사내를 안내했다.

"여기서 기다리세요. 제가 모시고 올게요."

"여기서?"

"당신은 외부인이니까요. 여기서 나오시면 안 돼요."

"알겠소."

면회소를 나온 제갈여진은 남오장의 처소로 발걸음을 옮겼다.

"오셨어요?"

처소에 왔을 때 맨 처음 맞이한 것은 의자에 걸터앉아 있던 임지령이었다. 제갈여진은 인사를 한 후 물었다.

"적연님은 어디 있어요?"

"처소에는 안 계시던데요?"

제갈여진이 낭패 어린 표정을 지었다. 임지령이 의아스런 표정을 지었다.

"무슨 일인데 그러십니까?"

"아, 친구 분이 찾아왔거든요. 하필이면 이런 때에 안 계실 게 뭐람?"

"친구 분요?"

임지령이 고개를 갸웃거렸다. 적연에게 친구? 왠지 어울리지 않았다.

"없군."

그때 들려온 무미건조한 목소리.

사내가 걸어 들어오고 있었다. 제갈여진이 당황스런 어조로 외쳤다.

"여기까지 오시면 안 된다고 했잖아요!"

"어떻게 온 거지?"

임지령의 의문점은 그것이었다. 외부인의 경우 맹 내를 함부로 돌아다닐 수 없다. 제지를 당하는 것이 뻔하건만.

뚜벅뚜벅.

사내가 제갈여진을 향해 걸어왔다.

"계집, 적연의 측근인가?"

감정이 담기지 않은 표정과 말투.

촤창!

임지령이 사내의 앞을 막아서며 검을 뽑아 들었다.

"멈춰!"

뚜벅뚜벅.

"마침 잘되었군."

"멈춰! 멈추라고 했다!"

뚜벅뚜벅.

"빌어먹을!"

쐐액!

임지령이 욕설을 터뜨리며 검을 수평으로 베었다. 순간 사내의 신형이 흐릿해지며 검이 아무것도 없는 허공을 갈랐다.

"뭣?"

믿을 수 없다는 탄성이 터져 나왔다. 그와 동시에 임지령의 뒤에서 나지막한 목소리가 들려왔다.

"늦군."

"익!"

임지령이 이를 으드득 갈며 검을 뒤로 찔렀다. 사내는 옆으로 한 걸음을 옮겨 피한 후 손을 뻗었다. 흑색 장갑을 낀 손으로 검을 움켜쥐었다.

가가각!

살을 파고들 때가 아닌 금속과 금속이 마찰을 일으킬 때 나는 거북한 소음이 발생했다.

사내는 무심한 눈으로 임지령을 바라보았다.

"이제 어떻게 할 테냐?"

"이렇게 할 거다!"

임지령이 몸을 붕 띄우며 발을 뻗었다.

쾅!

'들어갔다!'

임지령의 발바닥이 사내의 복부에 작렬했다.

사내는 충격을 이기지 못한 듯 몸을 숙이고 있었고, 임지령은 미소를 지었다. 그때 사내가 고개를 들었다. 무심한 표정 그대로였다.

"아무렇지도 않아."

순간 사내가 검날을 쥐고 있던 손을 잡아챘다. 임지령의 손에 꽉 잡혀 있던 검이 빠져나갔다.

푹!

사내는 순식간에 검을 거꾸로 잡아 임지령의 복부에 박아 넣었다.

"커억!"

임지령의 눈이 부릅떠졌고, 그 모습을 바라보던 제갈여진이 비명을 질렀다.

"꺄아악!"

털썩.

바닥에 널브러진 임지령이 고통을 참지 못하고 몸을 바르르 떨었다. 사내는 잠시 그 모습을 바라보다가 몸을 돌렸다. 떨고 있는 제갈여진의 모습이 보였다.

"여기서 싸울 수는 없겠지."

사내는 무미건조한 목소리로 중얼거린 후 제갈여진에게 다가가 잡아채 허리춤에 끼었다. 그리고 쓰러져 있는 임지령에게 시선을 주었다.

"아픈가? 어떤 느낌이지?"

"……?"

고통을 참는 가운데서도 임지령이 의아한 표정을 지었다. 사내는 가볍게 어깨를 들썩인 후 몸을 돌렸다.

"오늘 저녁까지 이미산으로. 안 오면 이 계집은 죽는다. 일을 크게 퍼뜨려도 마찬가지. 그리 전하라."

퉁!

사내가 순식간에 몸을 날려 담장을 뛰어넘었다.

"끄윽!"

임지령은 분노와 고통이 섞인 신음성을 흘렸다.

"왜?"

적연은 눈을 동그랗게 뜨며 임지령을 바라보았다. 사내가 사라지고 일각 뒤 돌아온 적연은 쓰러져 있는 임지령을 방으로 데려왔다.

급한 대로 응급처치를 한 후 의원을 불러오려던 찰나 임지령이 붙잡은 것이다.

"아, 알리면 안 됩니다."

"무슨 뚱딴지 같은 소리야?"

적연의 입장에서는 이해가 되지 않는 상황이었지만 임지령은 필사적이었다.

"제갈 소저가… 제갈 소저가 납치당했습니다."

"뭣?"

적연의 눈이 크게 치켜떠졌다.

임지령은 사내가 한 말에 대해 설명해 주었다.

"이미산이라……. 거기가 어디지?"

"성의 북쪽 외곽에 자리 잡은 산입니다."

"알겠다."

적연은 고개를 끄덕였다. 임지령이 몸을 뒤척이며 몸을 일으켰다.

"저, 저도 가겠습니다."

"됐다."

"가겠어요."

"네가 가봤자 짐만 될 뿐이야."

적연은 단호하게 말했다. 지금으로서는 최선의 발언이라고 생각했다. 임지령은 분한 표정을 지었지만 이내 침상에 몸을 묻었다.

"다녀오십시오."

"그래."

"끄으… 어서 가세요. 날이 저물고 있습니다."

철컥.

적연은 검을 움켜쥐며 문을 박차고 나갔다.

휘잉! 휭!

맹을 나서기가 무섭게 적연은 최대한의 속도로 거리를 내달렸다.

'빌어먹을……'

갑자기 생긴 일이었지만 당최 감이 잡히질 않았다. 누가 자신을 노린단 말인가.

'드러나는 것을 원치 않고 있어.'

임지령의 말을 듣고 파악한 것은 두 가지였다. 자신의 존재가 드러나길 원치 않는다는 것, 그리고 표정이라고는 느껴지지 않는 얼굴에 저돌적인 행보.

'하지만 마음에 들지 않아.'

인질이라니.

뿌드득.

적연은 이를 갈았다.

'용서치 않겠다.'

탁탁탁!

적연의 뛰는 속도가 한층 더 빨라졌다.

북문을 나선 것은 그야말로 순식간이었다.

'저곳이군.'

그리고 저 멀리 산이 보였다. 임지령이 말한 이미산이었다.

탁탁탁!

적연의 발걸음이 조금씩 빨라지며 보폭이 늘어나기 시작했다.

파박!

적연의 몸이 활처럼 땅을 박차고 앞으로 쭉 뻗어나갔다.

한 번 발을 구를 적마다 오 장여씩 앞으로 전진하고 있었다.

삭! 삭!

적연의 발바닥이 땅에 솟아 있는 얇은 풀을 밟고 앞으로 쭉
나아갔다. 어느새 그는 지면이 아닌 풀을 밟으며 경공을 펼치
고 있었다.

그러나 적연은 자신이 경공을 펼치고 있음을 의식하지 못하
고 있었다. 그것도 상승의 경공인 초상비(草上飛)임을.

달카달카.

사내는 엄지손가락으로 검자루를 밀어 올렸다가 떼는 것을 반복하고 있었다.

"워, 원하는 게 뭐지요?"

제갈여진의 떨리는 목소리가 바위 위에 걸터앉아 있는 사내에게 향했다. 사내는 조용히 제갈여진에게 시선을 주었다.

"원하는 것?"

"그, 그래요."

"적은 벤다. 그뿐이야."

제갈여진의 안색이 새파랗게 질렸다.

사내는 무심한 표정으로 제갈여진을 바라보다가 고개를 돌렸다.

"왔군."

스윽, 팟!

사내가 번개같이 검을 출수하며 수직으로 내려 베었다.

퉁!

그와 동시에 시커먼 무언가가 옆으로 틀며 공격의 궤적을 벗어났다가 덮쳐 왔다.

사내는 몸을 옆으로 틀며 검을 비스듬히 세웠다.

까앙!

검과 검이 부딪치는 소리와 함께 사내의 허리가 뒤로 확 젖혀졌다.

타다닥!

충격을 이기지 못한 사내가 뒤로 세 걸음을 물러서며 몸의 중심을 잡았다.

"적연인가?"

"넌 누구냐?"

적연은 사내를 노려보고 있었다. 위로 치켜 올라간 눈썹, 위압적인 안광이 뿜어져 나왔다.

제갈여진은 바들바들 떨며 적연을 바라보고 있었다. 처음 적연이 왔을 때의 안도감은 이미 사라진 지 오래였다. 현재 그녀의 뇌리를 지배하고 있는 것은 오직 공포뿐이다.

"으으……."

적연의 이런 기세를 몇 번이나 겪어보았지만 좀처럼 익숙해지지가 않는다. 뭐랄까. 느끼면 느낄수록 더욱 짙어진다고 해야 할까.

언제 터질지 모르는 일촉즉발의 상태다. 아군인 자신마저 덮쳐 버릴 것 같은.

적연은 양손을 허리에 얹은 채 사내를 바라보고 있다가 제갈여진에게 시선을 돌렸다.

"가시오."

"예, 예."

제갈여진은 떨리는 다리를 부여잡고 힘겹게 몸을 일으켰다. 적연은 사내를 바라보았다. 인질이 도망칠 상황임에도 불구하고 표정에는 아무런 변화가 없었다.

"가, 가서 사람을 불러올게요."

"그럴 필요 없소."

"예?"

제갈여진이 눈을 동그랗게 떴다. 적연은 치켜세운 검지를 좌우로 흔들었다.

"불러오지 마시오. 알겠소?"

"하, 하지만 그래서는……."

적연이 고개를 돌리며 눈을 번뜩였다.

"내 말 들으시오."

"아……!"

제갈여진이 몸을 격렬하게 떨었다.

'늑대…….'

늑대의 눈이다. 살의가 가득 찬 굶주린 이리의 눈이다.

털썩.

제갈여진은 엉덩방아를 찧었다. 입술이 부들부들 떨리고 있었다. 그 순간 사내의 몸이 움직임을 보였다.

"꺄아악!"

그 모습을 발견한 제갈여진이 비명을 질렀고, 적연의 몸이 살기에 반응을 보인 것은 동시였다.

챙!

검과 검이 맞부딪치며 날카로운 마찰음을 토해냈다.

사내가 특유의 무표정한 얼굴로 고개를 갸웃거렸다. 적연은 차가운 미소를 머금었다.

"틈이 있으면 지체없이 공격한다. 좋군."

가가각!

적연은 검을 미끄러뜨려 떨군 뒤 대각선으로 올려 베었다.

홀쩍!

순간 사내가 뒤로 일 장을 물러섰다. 적연의 미소가 더욱 짙어졌다.

팍!

적연이 땅을 박차고 튕기듯 쏘아져 나갔다. 순간 사내의 검이 기묘하게 틀어지며 적연의 가슴을 노리고 찔러 들어왔다.

"홍!"

이 정도의 찌르기에 당할 리가 없다. 적연이 몸 중심을 뒤로 빼며 급격히 속도를 줄여 나갔다. 그와 함께 발을 놀리며 측면으로 돌았다.

적연의 주먹이 사내의 명치를 파고들었다.

뻐억!

'들어갔다.'

적연의 눈매가 곡선을 그렸다.

명치를 얻어맞은 이상 제대로 숨을 쉴 수가 없으리라. 바로 지금 순간이었다.

그 순간 사내가 힐끗 고개를 돌렸다.

적연의 눈이 크게 치켜떠졌다.

쾅!

둔탁한 타격음과 함께 적연이 땅바닥을 굴렀다.

"크억!"

숨이 제대로 쉬어지질 않았다. 옆구리에 제대로 주먹을 얻어맞았기 때문이다.

강하다. 화려한 기교는 없지만 힘이 엄청나다.

마치 망치로 얻어맞은 듯한 충격이었다.

찌릿.

적연의 눈이 찡그려졌다.

'갈비뼈가 나갔나?'

숨을 쉴 때마다 폐가 찌르듯 아파왔다. 아무래도 으스러진 뼛조각이 폐를 파고든 것 같았다.

'하지만 어떻게…….'

어떻게 저렇듯 아무렇지도 않게 반격해 올 수 있느냔 말이다. 분명 명치에 주먹을 적중시켰건만.

적연은 숨을 거칠게 고르며 사내를 바라보았다.

무표정한 얼굴. 아무런 타격도 받지 않은 표정의 사내가 적연을 향해 달려들고 있었다.

적연은 힘겹게 검을 들었다.

깡! 까강!

엄청난 강검에 몸이 흔들렸다.

'빌어먹을!'

대결에 있어서의 흐름은 그 무엇보다 중요하다. 그리고 현재 적연은 쉴 새 없이 몰아붙임을 당하고 있었다. 이런 상태에서는 반격을 할 수가 없다.

최선은 상대의 기세가 조금이라도 늦추어지는 그 틈을 노리는 것이다. 현재로서 적연이 할 수 있는 것은 최대한 막아내며 기다리는 수밖에 없었다.

쾅쾅쾅! 채쟁!

어떻게 막아냈는지도 모를 정도로 쉴 새 없이 쏟아지는 공격이다.

"헉! 헉……."

조금씩 숨이 가빠졌다. 갈비뼈가 부러지는 바람에 호흡을 놓친 것이다.

스윽!

그 순간 사내의 검이 미세하지만 느려졌다.

'기회!'

적연이 눈을 부릅뜨며 사내의 품 안으로 파고들어 주먹을 올려 쳤다.

빡!

사내의 턱이 뒤로 젖혀지며 몸이 기우뚱했다.

으적.

적연은 입술을 깨물며 주먹을 허리 뒤로 당겼다. 그리고 강하게 땅을 밟으며 허리를 틀었다. 온몸에 회전력이 생기며 팽팽하게 당겨져 있던 주먹이 뻗어나갔다.

투웅!

콰당!

혼신의 붕권이 작렬했다. 사내의 몸이 뒤로 쭉 뻗어나가더니 한참을 굴렀다.

"허억… 허억……!"

적연은 연신 숨을 헐떡였다. 이마에 송골송골 맺힌 땀이 땅바닥에 떨어졌다.

"제대로 들어갔다."

바닥에 대 자로 널브러져 있는 사내의 모습이 보였다. 적연은 옷소매로 땀을 닦아냈다. 그때였다.

벌떡.

사내의 상체가 불쑥 일어났다. 역시나 무표정한 얼굴이다.

"어떻게 저럴 수가……."

적연은 믿을 수 없다는 표정을 지었다.

상식적으로 이해가 가질 않았다. 정확한 공격이 두 번이나 성공했다. 어떻게 저럴 수가 있는가.

어떻게 저렇듯 아무렇지도 않다는 표정인가.

망연자실한 표정을 짓고 있는 적연을 바라보며 사내가 몸을 일으켰다. 그리고 드러난 광경은 더욱 놀라웠다. 적연의 붕권을 맞은 사내의 가슴 한복판이 움푹 들어가 있었다.

"말도 안 돼."

적연이 고개를 내젓는 와중이었다.

"쿨럭!"

사내가 갑자기 기침을 토해냈다.

왈칵!

기침과 함께 피가 섞여 나왔다. 사내는 손등으로 입가를 슥 닦았다.

사내가 고개를 들어 적연과 시선을 맞췄다. 그리고 천천히 한 발짝을 떼었다.

기우뚱, 풀썩!

갑자기 사내가 앞으로 푹 꼬꾸라졌다.

적연은 눈을 끔벅이며 그 모습을 바라보았다.

움찔.

사내가 두 손으로 땅을 짚고 몸을 일으키려 했다. 하지만 다시금 푹 꼬꾸라졌다.

"진탕된 건가?"

마치 자신의 일이 아닌 양 무미건조한 어조였다.

"이대로는 무리군."

퉁!

말이 끝남과 동시에 사내가 땅을 박차며 풀숲으로 사라졌다. 정신을 차린 적연이 뒤쫓으려 했다.

"쿨럭!"

순간 숨이 턱 막혀오며 적연이 무릎을 꿇었다.

"빌어먹을……."

놓쳐 버렸다.

　　　　　*　　　　*　　　　*

"님……!"

"으음……."

"연님……."

귓가를 파고드는 희미한 목소리. 적연이 힘겹게 눈을 떴다.

"적연님!"

흐릿하던 시야가 조금씩 또렷해졌다. 희뿌옇게 불확실하던 형상에 초점이 잡혔다.

굵은 눈물을 뚝뚝 흘리는 제갈여진이었다.

"깨어나셨어."

제갈여진은 눈물을 머금은 채 한숨을 내쉬다가 적연의 배 위로 얼굴을 묻었다.

"다행이야……. 흐흑."

"악!"

"엄마야! 죄, 죄송해요."

공교롭게도 다친 부위에 얼굴을 묻을 이유가 무엇인가.

"여기는 어디요?"

"처소예요."

주위를 둘러보니 낯익은 방 안의 풍경이 들어왔다.

"지령이는?"

"저, 여기 있습니다."

복부에 붕대를 감은 임지령이 다가왔다.

"몸은?"

"견딜 만합니다. 장기가 상하지 않은 게 천만다행이었어요."

적연은 씁쓸한 표정으로 고개를 끄덕이다가 제갈여진에게 시선을 주었다.

"내가 얼마나 정신을 잃은 거지?"

"꼬박 하루 동안이요."

제갈여진은 가녀린 손가락으로 눈가에 맺힌 눈물을 닦아냈다. 적연이 일어나서일까. 한결 부드러워진 어조였다.

"하루라······."

적연은 한숨을 내쉬었다.

'지독하게 당했군.'

갈비뼈가 욱신욱신했다. 그리고 생각난 것은 무표정한 얼굴의 사내였다.

'어떻게 그럴 수가 있지?'

생각하면 할수록 의문점은 깊어져 갔다. 어떻게 그런 공격을 당하고도 멀쩡할 수가 있는가. 하다못해 안색 하나 바뀌지 않는 것은 이해할 수가 없었다.

'고통을 느끼지 못하는 것처럼 보였어.'

적연이 씁쓸한 미소를 지었다. 이런 허황된 생각까지 하게 될 줄은 몰랐다. 그만큼 그 사내가 적연에게 심어준 인상은 강렬했다.

"장주님, 그 사내는 뭡니까?"

참지 못한 임지령이 물어왔다. 적연은 고개를 저을 수밖에 없었다. 실상 그 역시 아는 바가 없었기 때문이다.

"글쎄……."

"일단 명대로 조용히 처리하기는 했는데… 위에 알려야 하지 않을까요?"

"아니."

적연이 고개를 가로저었다. 임지령과 제갈여진의 얼굴에는 이해하지 못하겠다는 표정이 역력했다.

"일이 이렇게까지 된 이상 전 알려야 한다고 생각해요."

"글쎄. 알려서 뭘 어쩔 거요? 정체 모를 사람 한 명에게 모두 당했다고?"

"그, 그건……."

"그것은 제갈 소저나 그대의 앞날에도 좋지 않지."

"아!"

제갈여진과 임지령이 탄성을 터뜨렸다.

적연의 말이 결코 틀리지 않았다. 둘 다 차후 각자의 문파를 이끌어갈 인재들이다. 위명이 깎일 수는 없다.

"그런 뜻이 있으신 거였군요."

임지령이 감탄했다는 표정으로 적연을 바라보았다. 이런 상황임에도 불구하고 자신들을 배려함에 가슴이 뭉클해졌다.

"이만 나가보시오."

적연의 말에 임지령과 제갈여진이 몸을 일으켜 처소를 나섰다.

뿌득.

침상에 홀로 누운 적연이 이를 갈았다.

"그놈은 내 거야."

*   *   *

사내는 감고 있던 눈을 떴다.

'며칠이나 지난 거지?'

사내는 몸을 일으켜 보았다.

"쿨럭!"

아직 기침에 피가 섞여 나오는 것을 보니 거동할 만큼은 아닌 것 같다.

부스럭.

그때 풀이 움직이는 소리가 들렸다. 사내가 빠르게 고개를 돌렸다.

"아……!"

한 여자 아이가 보였다. 이제 열 살 정도 되었음 직한 아이였다.

커다란 눈에 제법 귀엽게 생긴 계집아이였지만 옷이 해진 것으로 보아 화전민 마을에서 사는 모양이다.

"죄송해요. 전 주무시는 줄 알고."

아이의 손에는 사과 두 개가 들려 있었다. 사내는 고개를 숙여 가슴팍을 바라보았다.

붕대가 감겨져 있었다. 엉성하기 그지없었지만.

"네가 치료한 거냐?"

"아저씨가 너무 커서 옮길 수가 없었거든요."

아이는 배시시 웃었다.

"부질없는."

사내는 감정이 묻어 나오지 않는 어조로 중얼거리며 눈을 감았다.

"이것 좀 드세요."

귀찮다.

"내버려 두거라."

"배고프면 안 돼요."

안 된다? 뭐가 안 된단 말인가?

사내는 눈을 감은 채 입을 꼭 다물었다. 계집아이는 그 모습을 바라보다가 사내의 발치 앞에 사과를 내려놓았다.

"여기 놓고 갈 테니까 배고프면 드세요. 나중에 올게요."

계집아이는 방긋 웃으며 다시 숲 속으로 걸어 들어갔다.

다음날 아침, 계집아이가 왔다. 어제와 마찬가지로 사과가 품에 들려 있었다.

"안 드셨어요?"

사내의 발치에는 어제 아이가 놓고 간 사과가 그대로 놓여 있었다.

"얼굴은 왜 그러지?"

사내는 아이의 얼굴을 들여다보며 물었다. 한쪽 눈가가 부어 있었고, 옷이 더럽혀져 있었기 때문이다. 필시 누군가에게 맞은 것이 분명했다.

"아, 별것 아니에요."

아이는 재빨리 손으로 부은 눈을 가렸다.

"고아인가?"

사내의 물음에 아이가 몸을 한차례 부르르 떨었다.

"훔치다 잡힌 거로군."

사내는 다시금 몸을 일으켰다.

"쿨럭!"

기침은 나왔지만 피는 섞여 나오지 않았다.

뚜벅뚜벅.

하지만 아직 제대로 걸을 수가 없었다.

"아직은 아니군."

사내는 고개를 가볍게 저으며 다시금 그 자리에 누웠다. 그 모습을 바라보고 있던 아이가 사과를 사내의 입가 근처에 들이밀었다.

"드세요. 배고프다니까요."

"성가시게 굴지 마라."

"……."

아이는 잠시 낙담한 표정을 짓다가 슬그머니 사내의 옆에 사과를 놓았다.

"꼭 드세요. 내일 올게요."

그 말과 함께 아이가 돌아갔고, 사내는 눈을 감았다.

저벅저벅.

"이만하면 되었군."

사내는 몸을 이리저리 움직여 보았다. 아직은 온전치 못했지만 움직이지 못할 정도는 아니었다.

몸을 일으킨 뒤 옷을 추스렸다. 검도 몸에 제대로 부착되어 있었고, 갈 준비는 끝났다.

스윽.

사내는 고개를 한 켠으로 돌렸다.

"안 오는군."

계집아이가 오늘은 오지 않았다.

"…상관없지."

사내는 가볍게 고개를 내저으며 걸음을 옮겼다.

사내가 막 산길을 벗어날 무렵이었다. 갑자기 숲 저편에서 두런거리는 소리가 들려왔다.

"빌어먹을."

"부모 없는 녀석을 거둬줬더니 은혜를 갚지는 못할망정 진상 올릴 사과를 훔쳐?"

"그런데 괜찮을까?"

"상관없어. 이런 계집은 죽어도 싸지."

"그래도……."

"뭐가 걱정이야? 죽건 말건… 어?"

시신을 파묻기 위해 땅을 파던 화전민 하나가 눈을 동그랗게 떴다.

　풀숲 밖으로 사내가 걸어나왔기 때문이다.

　사내는 가만히 고개를 숙였다. 바닥에 곧게 누워 있는 계집아이가 보였다. 자신에게 사과를 가져다주던 그 아이였다.

　"죽었군."

　"당신은 누구시……?"

　스릉, 파밧!

　두 명의 화전민이 말을 끝맺지도 못하고 피를 뿜으며 쓰러졌다.

　사내는 검을 검집에 넣었다.

　차갑게 식은 계집아이의 시신이 눈에 들어왔다.

　"배고프면 안 돼요."

　"나중에 올게요."

　계집아이의 방긋 웃는 모습이 뇌리를 스쳤다.

　"……."

　사내는 말없이 그 모습을 바라보다가 몸을 돌렸다.

＊　　　＊　　　＊

　"실패?"

광명우사는 사내를 바라보며 눈을 끔벅였다. 믿을 수 없다는 표정이 얼굴에 역력히 묻어 나왔다.

"예, 강합니다."

"흐음……."

광명우사는 턱가를 매만지며 침음성을 흘렸다. 예상치 못한 결과였다. 추호도 사내가 실패하리란 생각은 하지 못했기 때문이다.

"점점 흥미를 주는 친구군."

문득 광명우사의 입가에 희미한 미소가 서렸다.

"보고서는 잘 봤네. 그리고 보고서에 쓰여 있던 자네를 치료해 준 계집아이… 잘 묻어주었는가?"

사내는 고개를 갸웃거렸고, 광명우사는 피식 웃었다.

"가서 치료하게. 다음 임무는 추후에 내리지."

"예."

사내는 고개를 끄덕이며 몸을 일으켰다. 그때 광명우사가 사내의 발걸음을 잡았다.

"처음 보는군."

"무슨 소리십니까?"

"아이 이야기를 꺼냈을 때 얼굴에 감정이 드러났어."

사내는 고개를 갸웃거리며 손으로 입가며 볼을 매만졌다.

*   *   *

미친개와 지여선이 돌아왔다.

두 사람은 적연에게 수룡왕에게서 들은 일부터 보고했다.

"그래, 듣고 왔나?"

"…예."

왠지 두 사람의 표정이 밝지 않았다.

'어떻게 이야기를 꺼내야 하나?' 라는 표정이 역력했다.

"괜찮다. 말해봐라."

적연의 말에 미친개가 조심스럽게 말문을 열었다.

"일단 형님의 아버님 적운님은 무림맹의 사람, 그리고 어머님인 산예님은 배화교의 인물이었습니다."

"그쯤은 알고 있다. 중요한 것은 어떻게 쫓겨나셨는가야."

그 이야기는 들은 적이 있었다. 지금 그가 알고자 하는 것은 아버지가 어떻게 돌아가셨느냐이다.

"너에게 가문을 다시 일으켜 세워달라는 부탁은 않으마. 하지만 아버님… 아버님의 시신을 찾아서 거둬다오. 제대로 된 무덤. 그것이 내 유일한 소원이다. 부디 이 어미의 뜻을 거절하지 말아주렴."

돌아가시기 직전 회광반조에 든 어머니의 마지막 유언이었다.

적연은 차마 거절할 수가 없었다.

"말해봐. 그 사람은 어떻게 죽었지? 어디에 버려졌나?"

적연의 물음에 미친개와 지여선이 멀뚱한 표정을 짓더니 서로를 바라보았다.

"예?"

"적운, 아비 같지도 않은 그자!"

"아… 그게……."

미친개가 당혹스러운 표정으로 우물쭈물거렸다. 적연은 자신의 가슴을 탁탁 쳤다.

"답답하군. 어서 말해."

두근두근.

가슴 한편이 심하게 요동치기 시작했다.

왠지 모를 불길한 기분이 엄습했다.

미친개는 떨리는 목소리로 무겁게 닫혀 있던 입을 열었다.

"사, 살아 계실지도 모릅니다. 형님의 아버님은 살아 계실지도 몰라요."

적연의 눈이 크게 치켜떠졌다.

第十八章

용서받지 못한 자

龍
劍風

　적연은 퀭한 눈을 손등으로 비볐다. 어제저녁 잠을 이룰 수
가 없었다.

　"살아 있을지도 모른다고?"

　자신의 아비 적운이 살아 있을지도 모른다는 충격적인 사실
을 알았기 때문이다.

　'죽은 줄로만 알았는데…….'

　빠드득.

　이빨을 가는 소리가 섬뜩하게 방 안을 울렸다.

　쾅!

　적연의 주먹이 탁자를 내려쳤다. 와작! 하는 소리와 함께 탁
자가 박살이 났다.

크게 치켜떠진 적연의 눈은 분노에 휘감겨 있었다. 그의 뇌리를 꽉 채운 것은 한 가지의 감정이었다.

분노.

만약 살아 있다면 왜 자신들을 찾지 않았는가.

이십칠 년이라는 세월이 지나는 동안 가족을 방치했다.

"큭큭… 버렸다는 것이 맞나?"

절로 조소가 흘러나왔다.

실로 간단한 결론이었다. 적연과 어머니는 버림받은 것이다.

"용서할 수가 없군."

눈앞에만 있었더라면 가만두지 않았을 것이다. 그러나 불가능하다.

미친개에게 듣기로 아비가 살아 있는 것만 확실하다고 들었을 뿐이다. 어디에 있는지, 어떻게 살아가고 있는지는 오리무중이었다.

가슴이 답답한 이유는 그 때문이었다.

"하아."

적연은 한숨을 내쉬며 몸을 일으켰다. 방 안에 틀어박혀 있어봤자 무엇 하나 득될 것이 없다고 생각했기 때문이었다.

달칵.

문을 열고 나가니 서늘한 바람이 얼굴에 와 닿았다.

"나오셨어요?"

언제나처럼 빗질을 하던 미친개가 적연에게 다가왔다.

"그래."

적연은 살며시 고개를 끄덕이며 처소 앞 화단을 거닐었다. 미친개는 걱정스러운 표정으로 적연의 뒤를 따랐다.

"괜찮으세요?"

"별로 안 좋아 보이나?"

적연의 물음에 미친개는 조심스럽게 고개를 끄덕였다.

"그렇군."

적연은 씁쓸한 미소를 지으며 얼굴를 매만졌다.

"아무래도 매듭을 지어야겠다."

"찾아보겠습니다."

"지금 당장."

"예."

미친개는 고개를 끄덕이더니 때마침 화단에 뿌릴 꽃씨를 가지고 오던 지여선에게 말했다.

"이제부터 내가 좀 바쁘니까 형님 잘 모셔."

"응."

적연의 상태에 대해 모를 리 없는 지여선이 순순히 고개를 끄덕였다.

"형님, 다녀오겠습니다."

"부탁한다."

미친개는 예를 취한 후 몸을 날렸다. 지여선은 그 모습을 바라보고 있다가 적연에게 다가서며 은근한 목소리로 말을 걸었다.

"차 드실래요?"

"……?"

지여선이 방긋 미소를 지었다.

"마음을 진정시키는 데 좋아요."

"그래."

적연은 고개를 끄덕였다.

쪼르륵.

뜨거운 김이 올라오는 찻잔을 건넨 지여선이 적연의 앞자리에 앉으며 소매로 이맛가를 닦아냈다.

적연은 차를 한 모금 마신 뒤 입을 열었다.

"힘든가?"

"할 만해요."

"그렇군."

"그런데… 전혀 모르고 계셨어요?"

지여선이 조심스럽게 물어왔다. 적연은 표정을 굳히며 무겁게 고개를 끄덕였다.

"그렇군요."

"…어떤 사람이었지?"

지여선은 한숨을 내쉬었다.

"대단하신 분이었죠."

"강했나?"

"믿을 수 없을 정도로요. 물론 저도 듣기만 했을 뿐이지만요."

적연은 '그렇군' 이란 표정을 지으며 손으로 얼굴을 감쌌다.

"이야기해 봐."

"적운님은 무림맹을 이루는 가신 가문 중 한곳인 적가의 가주님이셨어요."

흔히들 오대가신가문이라고 한다.

정보 및 첩보를 맡고 있는 해월가.

돌격부대를 맡고 있는 무한진가.

자금 운용 및 전반적인 운영을 맡고 있는 천룡회.

군략을 맡고 있는 황성봉가.

마지막으로 무림맹 직속 수호를 담당하는 묵가.

"적가는 현재의 묵가의 임무를 맡고 있었죠."

무림맹 직속 수호단은 나머지 네 개의 가문 중에서도 가장 독보적인 힘과 영향력을 가지고 있는 곳이라 할 수 있었다.

"묵가?"

"예. 악주묵가(鄂州默家)라고도 하지요."

"악주묵가라……."

"적가와 묵가는 예로부터 견원지간이라 할 수 있었죠."

굳이 따지자면 묵가가 일방적으로 증오하는 관계였다. 이유는 간단했다. 적가의 존재 그 자체가 문제였다.

"묵가는 적가에 대해 피해 의식을 품고 있었어요."

"자신들의 앞길을 막는다?"

적연의 물음에 지여선이 한쪽 눈을 찡긋거리며 고개를 끄덕였다.

"그런 셈이지요. 묵가는 언제나 적가에 비교당해야 했거든요."

"그렇다면 내 가문은 묵가로 인해서?"

"으음… 그렇다고 해야 할까?"

"또 다른 뭔가가 있는 모양이군."

"나머지 가신 가문 전체가 묵가와 한통속이었어요. 적가의 힘이 너무 강했거든요."

그 뒤로는 듣지 않아도 뻔했다. 결국 적가는 세력 싸움에서 밀리게 된 것이다.

"내 어머님도 수많은 이유 중 하나였겠고."

"그들에게 있어서 놓칠 수 없는 건수니까요."

적가가 배화교와 손을 잡았다고 몰아붙일 수 있을 테니 말이다. 정사의 관계가 민감한 무림에서야 더할 나위가 없었다.

"후우."

적연은 한숨을 내쉬며 고개를 떨궜다.

괴로웠다. 특히 자신의 가문을 몰락시키는 데 일조했던 가신 가문 중 해월가의 이름이 언급된 것이 더욱 그랬다.

"빌어먹을."

"으음."

서오장 진현우는 서신의 내용을 살피며 침음성을 삼켰다.

"뭐라고 쓰여 있나요?"

동오장 봉유경의 물음에 진현우가 가볍게 한숨을 내쉬며 고개를 갸웃거렸다.

"좋지 않은 내용이야."

"뭔데요? 이리 내봐요."

봉유경이 진현우의 손에 들려 있는 서신을 빼앗듯 가지고 와 안의 내용을 살폈다.

"으음?"

가볍게 처져 있던 그녀의 눈썹이 꿈틀거렸다.

"이게 무슨 뜻이죠?"

"글쎄."

진현우는 이마를 손으로 짚으며 무겁게 중얼거렸다.

"일단 명이 내려왔으니 해야 하기는 하겠지만……."

진현우의 흐릿한 눈이 봉유경의 손에 들려 있는 서신 쪽으로 갔다.

적연에 대해 조사하라.

'왠지 느낌이 좋지 않아.'

진현우는 고개를 설레설레 내저으며 몸을 일으켰다.

"진 가가."

"음?"

진현우가 고개를 돌려보니 봉유경이 의자에 단정히 앉아 있었다.

"어떻게 하실 생각이에요?"

"아무래도 유경이 힘을 좀 써봐야겠는걸?"

"가가는요?"

"나 역시 나름대로 알아봐야지."

"예."

진현우는 피식 웃으며 봉유경의 볼을 매만졌다.

"이번 일이 끝나면 우리의 미래도 심도있게 생각해 보자고."

"진 가가……."

봉유경은 달뜬 표정이었다. 진현우는 그녀의 머리카락을 부드럽게 매만지며 입을 열었다.

"황성봉가와 무한진가의 만남이라……."

"그런 말 하지 말아요. 정략혼인 같잖아요."

봉유경이 볼을 살짝 부풀리며 투덜거리자 진현우는 웃음을 터뜨렸다.

"미안. 내 다시는 그런 소리 안 하지."

진현우는 짐짓 과장스럽게 사과하며 몸을 돌렸다.

끼익, 탁.

문을 닫고 밖으로 나온 진현우는 얼굴을 굳혔다.

'도대체 무슨 생각인 거지, 윗분들은?'

미친개가 일주일 만에 돌아왔다.

초췌한 얼굴을 보아하니 그동안의 고생이 어떠했는지 여실히 알 만했다.

"길을 잃어서 사흘이나 헤맸어요."

다른 의미의 고생이었나 보다.

"너도 참 대단하다."

지여선은 혀를 차며 빈정거렸다. 미친개의 눈이 양쪽으로 쫙 찢어졌다.

"무슨 뜻이지?"

"그만."

보다 못한 적연이 둘 사이를 제지하고 지체없이 물었다.

"알아낸 것은 있나?"

"그게요……."

미친개가 난처한 듯 말끝을 흐렸다.

"별다른 소득이 없나?"

"소득이 없지는 않습니다."

"그러면?"

적연의 눈이 가늘게 떠졌다.

"그런데 확실치가 않아요."

"확실치가 않다?"

"마굴(魔窟)… 들어는 보셨나요?"

적연은 고개를 내저었다. 마귀들의 굴이라…….

"그곳에 있나?"

"아까도 말씀드렸다시피 확실한 것은 아니에요."

"뭐 하는 곳이지?"

"감옥입니다. 죄수들을 가둬놓는."

지여선은 적연의 그 모습을 바라보다가 마굴에 대해 덧붙여 설명해 주었다.

"마굴은 주로 사악한 마두들이나 큰 죄를 지은 자들을 감금시켜 놓은 곳이에요. 배화교의 천마뇌옥과 비슷하다고 생각하시면 돼요. 한번 들어가면 다시는 나올 수 없지요. 설사 죽는다 하더라도요……."

적연의 표정이 딱딱하게 굳어졌다.

'그래서였나?'

감옥에 갇혀 있던 상태라면 자신들을 찾아오지 못할 수도 있겠구나라고 생각했다.

"웃기는군."

적연의 표정이 무겁게 일렁였다. 사악한 마두들을 잡아다 감금시켜 놓는 곳이라니…….

적연의 기세에 눌린 탓일까. 미친개가 식은땀을 흘리며 눈치를 보다가 입을 열었다.

"…사실대로 말씀드려도 될까요?"

적연이 미친개를 바라보았다.

"정확히 말씀드리자면 형님의 아버님이 살아 계신지 아닌지는 장담 못하겠어요. 말 그대로 마굴이니까요. 그 안에서 어찌 되셨는지는 알 수 없으니까… 그러니까……."

말을 버벅대는 모습이 애처로워 보이기까지 했지만 적연에게는 그런 것을 헤아릴 만한 정신이 없었다.

"일단 살아서 들어가긴 했는데 이제는 모르겠다."

"…죄송합니다."

"앞장서라."

적연이 더 볼 것도 없다는 표정으로 몸을 일으켰다. 미친개는 화들짝 놀라며 적연의 앞을 막아섰다.

"왜?"

"가시려고요?"

"당연한 것 아닌가?"

적연의 어조는 단호했다. 일단 확인은 해봐야 하는 것 아닌가.

'죽었으면 시신을 거두면 돼. 처음 계획대로.'

본래 적연은 적운이 죽은 줄 알았다. 그것은 죽은 어머니도 마찬가지였다.

하다못해 시신이라도 거둬다가 양지바른 곳에 묻어달라는 어머니의 마지막 유언을 지키기만 하면 되는 것 아닌가.

'그런데 왜 이리 기분이 더러운 거지?'

자기 자신도 종잡을 수 없는 마음이었다. 그때 지여선이 앞으로 한 걸음 나섰다.

"이번 일은 조금 신중을 기하시는 게 어떨까요?"

"무슨 소리지?"

적연의 어조는 어느새 격해져 있었다. 그러나 지여선은 지지 않고 맞받아쳤다.

"제집 드나들 듯 마음대로 출입할 수 있는 곳이 아니에요, 마굴은."

"경계가 철저하기라도 한가?"

지여선은 고개를 가로저었다.

"경계 따위는 없어요. 아니, 필요가 없다고 하는 것이 맞겠지요."

지여선은 잠시 침을 꼴깍 삼킨 뒤 말을 이었다.

"백여 장에 이르는 수직 동굴을 올라올 수 있는 이는 없으니까요."

"일단은 황산 어딘가에 있다고만 들었습니다."

미친개의 말에 적연이 고개를 갸웃거리며 물었다.

"황산?"

황산은 중국 남부 안휘성의 동쪽에 자리 잡은 산으로 아름답기로 오악을 능가한다고 한다.

지리학자이며 여행가인 서하객이 평하길 '오악(五岳)을 보고 돌아온 사람은 평범한 산은 눈에 들어오지 않는다. 그러나 황산을 보고 돌아온 사람은 그 오악도 눈에 차지 않는다' 하였으니 실로 최고의 명산이라 할 수 있었다.

"황산은 그 길이만 수백 리에 이르는 대산맥이에요. 찾기가 쉽지 않을 거예요."

"골치 아프군."

대략적으로만 위치가 알려져 있을 뿐 정확한 곳은 철저히 은폐되어 있었다. 알려진 것은 마굴의 깊이가 백여 장에 이른다는 점뿐이다.

"그리고 마굴에는 아무도 접근하려 하지 않아요. 정파든 사파든 간에……."

"왜지?"

"최악의 인물들만이 있는 곳이니까요."

"으음……."

적연은 침음성을 삼켰다. 마음이 답답해져 왔기 때문이다. 미친개는 가볍게 한숨을 내쉬더니 적연에게 다가서며 입을 열었다.

"일단 가보기라도 할까요?"

적연은 묵묵히 고개를 끄덕였다. 여러 가지 문제들이 있다고는 하나 안 갈 수는 없지 않은가.

해월령은 당황스럽다는 표정으로 지여선을 바라보았다.

"이걸 전해달라고 하셨어요."

"아, 그래요?"

해월령은 지여선이 건넨 쪽지를 받아 안의 내용을 살폈다.

잠시만 비우껬소.

"아악! 이 사람이 또!"

해월령은 양손으로 머리카락을 쥐어뜯었다.

그 시각, 앞서 걷고 있던 미친개가 머리를 긁적이며 머쓱한 표정을 지었다.

"혀, 형님, 이 길이 아닌 것 같은데요?"

"음⋯⋯."

부스럭.

풀숲을 헤치고 나온 적연은 이마에 솟은 땀을 닦아내며 한숨을 내쉬었다.

"잠시 쉬어갈까?"

적연은 나무 옆의 바위에 엉덩이를 붙이고 앉으며 주위를 둘러보았다.

"험준하군."

"어휴 힘들어. 헉헉."

미친개는 혀를 내밀며 헥헥거렸다. 그 모습이 더위 먹은 강아지 같은 느낌이다.

"형님, 왜 그리 빤히 쳐다보세요?"

"⋯⋯."

적연은 멀뚱한 미친개의 시선을 애써 외면했다.

"얼마나 더 헤매고 다녀야 하지?"

적연의 얼굴에는 고단함이 묻어 나왔다. 그도 그럴 것이 벌써 이 산을 뒤지고 다닌 지 일주일째였다.

미친개는 바닥에 털썩 주저앉으며 투덜거렸다.

"빌어먹을, 구름은 원없이 보는군. 어떻게 일주일 내내 이따위야?"

옥병루에서 천도봉을 건너 황산의 정상이라 할 수 있는 연화봉에 올라선 적연은 망망대해처럼 펼쳐진 운해(雲海)를 바라보고 있었다. 하지만 입가에는 쓴 미소만이 지어졌다.

평소라면 기암괴석에 솟은 괴송이 운해와 더불어 멋들어지게 느껴졌겠지만 지금은 이런 경치를 볼 여유가 없었다.

"오늘은 저쪽으로 넘어가 볼까요?"

"그래."

며칠에 걸쳐서 샅샅이 뒤졌고 언제 끝날지 모르는 기약없는 수색 작업이었다.

"오늘은 꼭 찾을 수 있을 거예요."

"그래야겠지."

적연은 심란한 표정으로 몸을 일으켰다.

꼼꼼하게, 조금이라도 의심 가는 곳이 있으면 뒤졌다.

그렇게 연화봉에서 내려오기 시작해 중턱쯤까지 내려왔을 무렵이었다.

"음?"

적연과 미친개가 동시에 눈을 동그랗게 떴다.

울창한 숲으로 인해 절묘하게 은폐된 오십 호 정도의 마을이 보였기 때문이다.

"마을인데요?"

마침 잘됐다는 표정을 짓는 미친개였다. 그에 비해 적연은 의아하다는 표정을 지었다.

"이런 험준한 산중에 마을이?"

더욱이 노골적으로 은폐된 형상이라니.

'뭐지? 화전민인가?'

예상만 할 뿐 알 도리가 없었다.

"형님, 가서 한번 물어보는 게 어떨까요?"

"흐음……."

미친개의 말에 적연은 침음성을 삼키다가 고개를 끄덕였다. 지금 급한 것은 마굴을 찾는 것이다.

"그러도록 하자."

적연이 발걸음을 옮겼다.

숲을 헤치고 나가 마을에 들어섰을 무렵 먼저 적연의 눈에 띈 것은 십여 명의 어린아이였다.

꾀죄죄한 얼굴에 대강 천을 댄 옷을 입고 있던 아이들은 적연과 미친개의 모습을 발견하고는 사색이 되어 마을 안으로 달려들어 갔다.

그녀들 중에는 넋이 나간 표정으로 바닥에 주저앉아 눈물을 뚝뚝 흘리는 계집아이도 있었다.

'역시 뭔가 있어.'

적연은 턱가를 매만지다가 울고 있는 계집아이에게 다가가 내려다보았다.

"촌장은 어디에 있지?"

"으에엥!"

"이런……."

울음을 멈추지 않는다. 보다 못한 미친개가 앞으로 나섰다.

"형님도 참, 애들한테는 부드럽게 대해야 한다고요."

미친개는 쪼그리고 앉아 계집아이와 시선을 맞추며 한껏 부드러운 어조로 말을 붙였다.

"어유, 귀여운 녀석. 착하지?"

말려 올라간 입꼬리와 어색하게 일그러진 표정, 그리고 낮다 못해 음산하기까지 한 목소리.

"우와아아앙!!"

이제는 아예 목 놓아 우는 계집아이였다.

적연은 피식 웃었다.

"부드럽게 대해야 한다라······."

움찔.

미친개가 민망한 듯 고개를 푹 떨궜다. 적연이 한심하다는 표정을 지을 무렵이었다.

파앙!

순간 바람을 가르는 파공성과 함께 적연의 귀가 움찔거렸다.

'살기!'

적연이 재빨리 몸을 돌리며 양손을 교차시켰다.

뿌악!

주르륵!

엄청난 충격과 함께 적연의 몸이 뒤로 쭉 밀려났다. 갑작스런 상황에 동그랗게 뜬 눈을 끔벅이는 미친개의 모습이 보였다.

욱씬욱씬.

'크윽.'

양팔이 부서져 나간 것 같았다.

'도대체 어떤 놈이⋯⋯!'

쾅! 쾅! 쾅!

정신을 차릴 새도 없이 적연의 몸이 크게 들썩였다. 한 번의 타격음마다 양 발이 공중으로 떠오를 정도로 강렬했다.

"으윽⋯⋯!"

짧은 비명성이 흘러나왔다. 쉴 새 없이 몰아쳐 오는 공격에 정신을 차릴 틈이 없었다.

피잉!

순간 주먹이 턱을 노리고 쳐 올라왔다.

'위험하다!'

적연이 땅을 박차며 뒤로 훌쩍 몸을 날렸다. 그와 동시에 적연의 눈앞으로 주먹이 위로 솟구쳤다.

후웅!

'우욱!'

엄청난 권풍의 압력에 얼굴이 눌리는 것 같았다. 당황스럽고 노기가 치솟았지만 한편으로 든 감정은 호기심이었다.

'도대체 어떤 놈이냐?!'

뿌드득!

적연이 이를 갈았다.

척!

공중에 떠올랐던 몸이 땅바닥에 내려앉으며 적연은 지체없이 검자루에 손을 가져갔다.

스윽.

적연과 이 장 정도 떨어진 곳에 한 사내가 서 있었다.

사내는 뭐라고 해야 할까. 선이 고운 미남이라 할 수 있었다.

"꽃미남이네."

미친개의 비유는 참으로 적절했다. 남자치고는 그리 커 보이지 않는 키에 커다란 눈, 여리여리해 보이기까지 하는 몸이 무인이라기보다는 서생에 가까웠다.

꽃미남은 손을 뻗었다. 아직까지 멍한 표정을 짓고 있는 미친개, 정확히 말하자면 미친개의 옆에 주저앉아 떨고 있는 계집아이에게 향해 있었다.

"이리 와라."

"오라버니!"

그러자 미친개의 곁에 있던 계집아이가 한달음에 꽃미남 사내의 품으로 달려들었다.

"으앙! 무서웠어요."

꽃미남은 부드럽게 계집아이의 머리를 쓰다듬어 주었다.

"집으로 돌아가 있거라."

"예."

계집아이는 눈물을 닦으며 고개를 끄덕인 뒤 마을 안으로 뛰어들어 갔다. 잠시 부드러워졌던 꽃미남의 안광이 날카로워

지며 적연에게 향했다.

"너희들은 뭐냐?"

"다짜고짜 공격을 해?"

적연은 손으로 옷에 묻은 먼지를 가볍게 떨어내며 눈을 부라렸다.

"무림 녀석들이 아닌가?"

적연과 미친개는 서로의 얼굴을 바라보았다. 일단 무림맹에 소속되어 있기는 하다.

두 사람이 대답이 없자 꽃미남의 얼굴에 차가운 미소가 어렸다.

"과연 그러하군."

퉁!

꽃미남의 신형이 일순간 쭉 늘어나며 미친개를 향해 나아갔다. 적연이 입술을 깨물며 땅을 박찼다.

"이 새끼가!"

미친개가 악에 받친 욕설을 터뜨리며 비도를 날렸다.

"훙!"

꽃미남은 상체를 좌우, 상하로 흔들며 비도를 피했다. 그 와중에서도 미친개에게 다가서는 동작은 멈추지 않았다.

미친개가 오른 주먹을 쭉 내뻗었다.

꽃미남의 입 끝이 말려 올라갔다.

콰콰쾅!

세 번의 강렬한 타격음.

"끄으윽……."

살짝 벌어진 미친개의 입에서 미미한 신음성이 흘러나왔다. 그와 동시에 눈이 풀리며 천천히 앞으로 넘어졌다.

쿵!

바닥에 쓰러진 미친개의 몸에는 아무런 미동이 없었다.

적연은 그 모습을 바라보며 두 눈을 크게 치켜뜨고 있었다. 미친개가 당한 것도 그러하지만 놀라운 것은 꽃미남의 공격 방식이었다. 눈 한 번 깜박할 새에 세 군데를 주먹으로 찔러 넣었다.

처음 꽃미남은 미친개의 공격을 상체를 숙여 피한 뒤 오른쪽 옆구리에 주먹을 박아 넣었다. 왼 주먹이 명치를 파고든 것은 거의 동시나 마찬가지였고.

두 번의 번개 같은 공격. 하지만 그것이 끝이 아니었다.

꽃미남은 몸을 일으키며 미친개의 뻗은 팔 바깥으로 상체를 빼낸 다음 관자놀이에 주먹을 작렬시켰다.

빠르다. 그리고 효율적이다.

잔 동작 따위는 눈 씻고도 찾아볼 수 없을 만큼 완벽하다. 왼발을 내디딘 상태에서의 처음 옆구리 공격도 그러하지만 왼 주먹을 뻗기 위해서 오른발을 내딛는 과정이 없었다.

단지 오른발을 들며 발끝으로 축을 밟은 뒤 허리를 틀어 힘을 싣는 방식을 취했다.

별것 아닌 것처럼 보일 수도 있겠지만 목숨을 다투는 대결에서 이 작은 차이는 엄청난 것이었다.

"대단하다."

감탄스러움이 절로 흘러나왔다. 꽃미남은 흘러내린 앞머리를 쓸어 넘겼다.

"이제 네 차례야."

생김새와는 달리 저돌적이다.

"과연?"

"살려 보내지 않아."

그리고 필사적이다.

"그렇군."

적연은 피식 미소를 지으며 손을 들었다.

"나도 주먹질은 좀 하지."

스윽.

적연은 양 주먹을 살짝 쥐며 얼굴 앞에 놓았다. 꽃미남은 적연의 허리춤에 달린 검을 바라보며 눈썹을 찌푸렸다.

검이 있음에도 불구하고 주먹을 들었다? 그렇다는 이야기는 검보다 체술에 더욱 능하다는 이야기다.

그렇지 않다면…….

"검을 쓰지 않아도 날 이길 수 있다는 이야기? 오만방자하군."

꽃미남이 불쾌한 표정을 지으며 천천히 적연을 향해 걸어왔다.

"이름이 뭐지?"

"너희 따위에게 알려줄 이름은 없다!"

꽃미남이 크게 외치며 적연에게 달려들었다.

몇 걸음 만에 적연의 코앞까지 도달한 꽃미남이 주먹을 뻗었다. 적연은 허리를 뒤로 젖혔다.

'이런!'

꽃미남의 눈이 한차례 흔들렸다. 극히 약간의 거리로 주먹이 닿지 못했다. 거리를 완벽하게 재고 피한 것이다.

'매섭고 묵직하다.'

적연이 느낀 감정은 그랬다. 주먹과 허리, 어깨, 그리고 내디딘 발의 위치는 깔끔하기 그지없었다.

'그러나.'

적연은 재빨리 왼발을 내며 오른손으로 꽃미남의 팔목을 막아 잡았다. 그리고 왼손으로는 상대방의 어깨 부위를 눌러 잡으며 팔꿈치를 바깥쪽으로 구부렸다.

"억!"

꽃미남이 놀란 마음에 뭐라 할 새도 없이 적연이 녀석의 구부려진 팔꿈치를 힘있게 돌려 꺾었다. 몸의 중심을 잃은 꽃미남이 뒤로 자빠졌다.

쿵!

"커어억!"

아무것도 없는 땅바닥에 등부터 떨어진 꽃미남이 격한 신음성을 터뜨렸다. 적연은 그에 그치지 않고 무릎으로 꽃미남의 목을 누르며 팔꿈치를 위로 들어올린 후 손목을 꺾었다.

한순간에 이루어진 동작이었다.

"아악!"

고통스런 비명성이 터져 나왔다.

"제기랄!"

순간 꽃미남이 하체를 들어올리며 발을 차올렸다. 적연은 자유로운 손을 들었다.

빡!

묵직한 소리가 터져 나왔다. 공격을 막아내기는 했지만 적연의 한쪽 눈이 질끈 감겼다.

빠-직! 빠-직!

"끄윽……!"

생각보다 충격이 너무 컸다. 단순히 막아낸다고 능사가 아닌 것이다.

빡!

다시 한 번 팔에 꽃미남의 발차기가 작렬했다.

"윽!"

충격을 이기지 못한 적연이 눈을 질끈 감았다. 그 순간 꽃미남을 제압하고 있던 손아귀에 힘이 풀렸고, 그는 그 틈을 놓치지 않았다.

빙글 몸을 틀며 단번에 적연에게서 몸을 빼내며 턱에 주먹을 꽂아 넣었다.

휘청!

적연의 몸이 한차례 흔들렸다. 하지만 곧바로 중심을 제대로 잡았다.

꽃미남은 놀랍다는 표정을 지었다.

"흘렸어?"

찰나의 순간 얼굴을 튼 탓에 큰 충격을 입지 않을 수 있었다. 적연은 얼얼한 턱가를 매만졌다.

"후우……."

가볍게 숨을 골랐다.

"재미있어."

몸과 몸이 맞부딪친다.

서로의 헐떡이는 숨소리가 귓가에 생생히 들려온다.

무림에 와서 싸운 궁귀와 수룡왕은 실로 엄청난 고수라 할 수 있었다. 하지만 그들과의 싸움에서는 이런 감정을 느낄 수 없었다.

"쌈박질은 이래야지."

적연이 히죽 웃으며 땅을 박찼다.

파바방!

적연의 주먹이 쉴 새 없이 꽃미남을 향해 뻗어나갔다.

"흥!"

꽃미남은 절묘하게 양손을 놀리며 적연의 주먹을 쳐냈다. 그 순간 적연의 무릎이 튕기듯 꽃미남의 턱을 향해 치고 올라왔다.

꽃미남의 눈이 일순간 부릅떠졌다.

턱!

경쾌한 타격음은 아니었다. 꽃미남의 턱 바로 아래쪽에서 적연의 무릎이 막혀 있었다. 깍지 낀 양손으로 방어한 것이다.

"넌 뭐지?"

"무슨 뜻이지?"

"놈들과 한 패거리 같지 않군."

적연은 피식 웃었다.

"일단은 네가 말하는 놈들 밑에 있기는 하지."

"일단은… 이라……. 뼈가 있는 말이군."

"내 이름은 적연이다."

"한산."

이번에는 선선히 이름을 말해주었다.

적연은 히죽 미소를 지으며 말문을 열었다.

"왜 무림인을 증오하지?"

"네가 알아서 뭐 하게."

"넌 무림인이 아닌가?"

적연은 잠시 말끝을 흐리며 고개를 들어보았다. 몇몇 아이들이 호기심에 나왔다가 마을 아낙들의 손에 이끌려 집 안으로 들어갔다.

"남자들이 없군."

이 정도로 소란을 피웠음에도 성인 남자를 발견하지 못했다.

적연의 표정이 살짝 굳어졌다.

"아니면… 너 이외에는 없는 건가?"

"닥쳐!"

부웅!

갑작스런 공격에 적연은 뒤로 물러서며 피했다.

"위력적이다. 하지만 이제는 당하지 않아."

적연은 한산의 주먹을 잡아 비틀었다.

"악!"

한산의 입에서 고통에 찬 신음성이 터져 나왔다.

"말해봐."

"말할 것… 같아?"

한산은 눈을 질끈 감은 채 쥐어짜듯 말했다. 적연이 혀를 끌끌 찼다.

무림인은 아닌 것 같다. 짧은 시간이나마 느껴온 적연의 감상으로는 그러했다. 이곳은 무척이나 격식을 차린다.

형(形)을 중요시한다고나 할까. 그러나 한산은 그렇지가 않았다. 극히 실전적이다.

'살수?'

그렇지는 않다.

살수는 암습에 능한 무리들이다. 그리고 마음에 걸리는 것은 이 마을의 존재다. 남자는 한산 혼자인 듯 보였기 때문이다.

"저자… 낭인입니다."

그때 들려온 소리에 적연이 고개를 돌렸다. 비척거리며 몸을 일으키고 있는 미친개의 모습이 보였다.

아직 충격이 가시지 않은 듯 숨을 헐떡이며 미친개가 말문을 열었다.

"들어본 적이 있어요. 기묘한 권법을 쓴다는 낭인을. 아마
도 저자가 맞을 겁니다."

"낭인?"

적연은 눈을 동그랗게 뜨며 한산과 눈을 맞췄다. 한산은 인
상을 찡그렸다.

"그래. 난 낭인이다."

"낭인촌이었군."

그제야 이 마을의 정체도 알 수 있었다. 단독이 아닌, 무리
를 이루는 낭인들의 경우 자연스럽게 마을이 형성되기도 한
다.

적연은 어깨를 으쓱하며 말문을 열었다.

"나 역시 낭인이다."

"낭인?"

이번에는 한산의 눈이 동그랗게 떠졌다. 그때 미친개가 적
연의 옆으로 다가왔다.

"형님, 저 아파요."

미친개가 한산에게 손가락질을 하며 으르렁거렸다.

"넌 죽었어, 임마!"

그리고 적연에게 찰싹 붙으며 불쌍한 표정을 지었다.

"혼내줘요, 형님."

"……"

쪼르륵.

본의 아니게(?) 미친개에게 잡혔던 계집아이가 잔에 차를 따라 한산의 앞에 가져다주었다.

가끔씩 적연과 미친개를 힐끔거리는 모습이 경계심을 완전히 풀지는 않은 것 같았다.

한산은 머쓱한 표정으로 입을 열었다.

"오해가 있었던 것 같소."

"오해는 쥐뿔."

"그만 해라."

분을 이기지 못한 미친개가 한마디 하자 적연이 말리고 나섰다. 미친개는 금세 고개를 떨구며 투덜거렸다.

"혼도 안 내주고……."

적연은 미친개를 한심스럽다는 표정으로 바라본 후 입을 열었다.

"이런 곳에 낭인촌이 있을 줄은 몰랐어."

낭인촌은 낭인시장 근처에 자리 잡는 것이 일반적인 관점이다.

"남자들이 전혀 보이지 않는 것도 그렇고."

한산은 씁쓸한 표정을 지었다.

"그럴 수밖에. 이 마을에 남자라고는 나밖에 없으니까."

꿈틀.

적연의 짙은 양 눈썹이 흔들렸다. 한산은 손으로 깍지를 껴 턱에 괴었다.

"다른 이들은 다 죽었소. 정확히 말하자면 죽임을 당했지."

"무림 녀석들 때문인가?"

한산이 고개를 떨구며 괴로운 어조로 중얼거렸다.

"애초부터 그런 임무 따위는 맡는 게 아니었는데……."

"말해보게."

적연의 말에 한산이 힘겹게 말문을 열었다.

"의뢰가 왔었소. 목갑을 배화교까지 옮겨달라는 것이었지."

돈을 받고 일하는 낭인들에게 정파와 사파는 똑같은 부류일 뿐이다. 그래서 의뢰를 받아들였다.

"왠지 꺼림칙했지만 어쩔 수 없었소. 먹고살아야 했으니까."

그러나 그 꺼림칙한 느낌은 현실이 되어 다가왔다.

"그런데 무림맹에서 달려들더군."

견원지간인 무림맹에서 가만있을 리 만무했다.

"임무는 완수되지 못했소. 동료가 막아낼 수 있는 수준의 자들이 아니었겠지."

보통의 낭인이 무림맹의 정예 무사를 당해낼 수 있을 리 없지 않은가.

"그런데 목갑은 비어 있었소."

"애초부터 희생양이었군."

한산이 고개를 끄덕였다.

"무림맹이 낭인촌으로 들이닥쳤소."

진짜 목갑을 가지고 있을지도 모른다는 명분을 내세우기는 했지만 속내를 모를 리가 없다.

배화교의 의뢰를 받아들인 것에 대한 처단이었다.

"배화교 역시 마찬가지였소."

애초부터 그렇게 결정되어 있었다. 시선을 돌리기 위해서는 희생양이 필요했고, 부담이 없는 낭인을 택해 의뢰를 맡긴 뒤 무림맹에 정보를 흘렸다.

"다 죽었소. 하지만 난 그럴 수 없었소."

한산은 어느새 눈물이 그렁그렁 맺혀 있는 계집아이의 머리를 쓰다듬어 주었다.

"이 아이와 낭인촌의 남은 식구들을 내버려 둘 수가 없으니까. 쫓기고 쫓기다 보니 이곳에서야 정착할 수 있었소."

이곳은 정파와 사파를 막론하고 그 누구도 발길을 주지 않는 곳이라 들었다.

한산은 고개를 떨구며 자조적인 목소리로 말을 이어갔다.

"난 용서받지 못하겠지. 그러나 이런 삶이라도 이어갈 수밖에 없소."

"개자식들."

듣고 있던 미친개가 분한 듯 주먹을 꽉 움켜쥐었다.

적연은 턱가를 매만지며 입을 열었다.

"어리석군."

다소 도발적인 말에 한산이 인상을 일그러뜨렸지만 그것도 잠시였다. 이내 고개를 푹 떨궜다.

반박할 수가 없었기 때문이다.

적연은 미친개에게 시선을 주며 물었다.

"무림에서의 우리들의 위치는 고작 이 정도인가?"

"……."

천하디천한 직업. 돈만 주면 무엇이든 하는 인간 말종으로 분류되는 것이 낭인이다. 하오문과 더불어서 말이다.

"그렇군."

미친개가 선뜻 대답을 하지 못하자 적연은 고개를 끄덕였다. 무언은 곧 긍정이 아니던가.

적연은 무거운 한숨을 내쉬다가 고개를 들었다. 지금 중요한 것은 이들의 사정 따위가 아니다. 마굴을 찾아야 한다. 보아하니 한산은 이곳에 마굴이 있음을 모르는 것 같았다.

"나는 이곳에서 마굴이란 곳을 찾고 있네."

"마굴?"

예상대로다.

적연과 미친개는 서로를 바라보며 낭패 어린 표정을 지었다.

미친개가 마굴에 대해 설명해 주었다.

"…이 산이 그런 곳일 줄은 몰랐소."

설명이 끝났을 무렵 한산은 경악스런 표정으로 고개를 설레설레 저었다.

"봐요. 딱 봐도 도움이 안 될 것처럼 보이잖아요?"

아직 분이 풀리지 않은 미친개가 빈정거렸다. 한산이 낭패 어린 표정을 지을 무렵이었다.

"굴이라고 했죠?"

옆에서 듣고 있던 계집아이 한소소가 끼어들었다. 세 사람의 시선이 자연스럽게 그쪽으로 모아졌다.

"거기가 확실한지는 모르겠지만 저, 동굴을 본 적은 있어요."

"그게 정말이냐?"

한산의 물음에 한소소가 고개를 끄덕였다.

"나물 캐러 갔다가 본 적 있어요."

적연과 미친개가 몸을 일으켰다.

"잘되었군."

아닐 수도 있지만 일말의 가능성이 있는 곳이라면 모조리 뒤져야 한다.

한산은 한소소의 머리를 쓰다듬었다.

"그곳이 어디냐?"

"그리 멀지 않아요."

第十九章

마굴

龍
劍風

"험준하군요."

미친개는 풀숲을 헤치며 중얼거렸다.

'그런데… 저 자식은 왜 따라온 거야?'

미친개의 시선에 적연의 옆에서 거닐고 있는 한산의 모습이
보였다.

세 사람은 한소소가 알려준 산길을 거닐고 있었다. 길이 나
지 않은 것으로 보아 사람이 다니지 않는 곳이었다.

"그 체술은 어디서 배운 거지?"

말없이 걷던 적연이 물었다. 신기한 보법과 권법이 그의 호
기심을 자극했다.

"색목인한테 배웠소."

"색목인?"

한산은 고개를 끄덕였다.

적연이 알기로 색목인들은 덩치가 클 뿐 민첩하지 못하고 굼떴다. 적연은 턱가를 매만졌다.

"색목인들의 무술이 그 정도란 말인가?"

"그들이 가르쳐 준 것을 내 나름대로 재정립한 거요. 상당히 쓸 만하더군."

"그렇군."

확실히 한산의 보법은 특이한 데가 있었다. 주먹을 뻗는 궤적이나 방식도 그러하고, 상당히 실용적이면서도 효과적이었다.

"형님?"

그때 앞서 걷던 미친개가 적연에게 다가와 한곳을 가리켰다.

"음."

적연의 눈이 가늘게 떠졌다. 분명 울창한 풀에 가리워지기는 했지만 자그만 동굴 입구가 보였다.

"마굴인가?"

"수직 동굴이라고 했는데?"

미친개는 고개를 갸웃거렸다.

"일단 들어가 보지요."

한산이 앞장서서 풀을 헤쳤다.

동굴 입구는 성인 남자가 허리를 구부려야 들어갈 수 있을 정도로 낮았다. 폭 역시 한 사람이 간신히 지나갈 수 있을 정도로 좁았다.

휘이이!

동굴 안쪽에서 서늘한 바람이 뿜어져 나왔다. 미친개는 몸
을 한차례 부르르 떨었다.

"으스스한데요?"

"바람이 인다는 소리는 안쪽으로 공간이 있다는 거요."

한산의 말에 미친개가 입술을 삐죽였다.

"아는 척하기는."

한산이 씁쓸한 표정을 짓자 보다 못한 적연이 한마디 했
다.

"그만 해라."

미친개는 금세 풀이 죽어 고개를 푹 떨구며 적연의 뒤를 따
랐다. 그렇게 얼마나 걸었을까. 조금씩 동굴이 넓어졌다.

"과연."

적연이 눈을 빛냈다. 과연 한산이 말한 대로였다. 바람 역시
점점 거세졌다.

멈칫.

순간 적연의 발걸음이 딱 멈춰졌다. 그에 따라 바로 뒤에서
따르던 미친개가 적연의 등에 얼굴을 부닥쳤다.

"아야야! 왜 그러세요, 형님?"

적연은 황급히 양손을 펼쳤다.

"움직이지 마."

적연은 조심스럽게 바닥에 쪼그리고 앉아 손을 뻗었다.

"아무래도 이곳이 마굴이 맞는 모양이야."

손가락 끝에 팽팽하게 당겨진 실이 느껴졌다.

"함정이다."

"예?"

미친개가 고개를 갸웃거렸다. 적연은 차가운 미소를 지으며 말문을 열었다.

"과연 쉽게 들여보내 주지는 않겠다는 뜻이군."

적연의 말에 미친개와 한산이 안력을 돋웠다. 그리고 드러난 광경에 한산이 침을 삼켰다.

꿀꺽.

동굴 사방에는 보일 듯 말 듯 얇은 실이 무수히 얽혀 있었다. 그중 하나라도 건드리는 날에는 기관진식이 작동을 시작하게 될 것이다.

"응? 뭐가요? 난 하나도 안 보이는데?"

아무래도 미친개에게는 안 보이는 모양이다.

적연은 몸을 돌려 미친개와 한산을 바라보았다.

"아무래도 여기부터는 나 혼자 가는 것이 좋겠군."

"위험하오."

한산이 말리고 나섰지만 적연은 고개를 가로저었다.

고지가 바로 눈앞에 있다. 어찌 이곳에서 발걸음을 돌릴 수 있겠는가.

"준비해 온 밧줄을 다오."

적연이 손을 내밀었다.

"형님……."

미친개는 거의 울상이었다.

"사흘이 지나도록 내가 나오지 않으면 맹으로 돌아가거라."

"…예."

미친개는 힘없이 고개를 떨구며 등에 짊어 메고 있던 봇짐을 적연에게 넘겼다. 안에는 백오십 장에 이르는 길이의 밧줄이 들어 있었다.

그 무게가 어쩌나 대단한지 적연의 몸이 한차례 휘청할 정도였다.

"후우……."

적연은 가볍게 호흡을 고른 뒤 한산과 미친개를 재촉했다.

"어서 가."

"조심하셔야 해요, 형님."

"몸조심하시오."

긴장되기는 마찬가지였는지 적연은 억지로 미소를 지으며 손을 흔들어주었다.

미친개와 한산은 몸을 돌려 동굴을 빠져나왔다.

"형님, 난 공짜 일 안 해요! 살아 나와서 여태까지 부려먹은 거 다 계산해 주셔야 합니다!"

미친개의 안타까운 음성이 멀리서 들려왔다. 적연은 눈을 가늘게 뜨며 나지막한 목소리로 입을 열었다.

"당연하지."

바스락.

적연은 뒤로 천천히 물러서며 허리춤에 달린 사슬 낫의 손
잡이를 움켜쥐었다.

차가운 금속의 감촉이 느껴졌다.

두근두근.

심장의 박동 수가 올라가고 눈의 시신경 하나하나가 팽팽하
게 당겨지는 느낌이다.

오감 하나하나가 손만 대면 터질 듯 민감해졌다.

순간 적연의 손이 앞으로 치켜 올려지며 사슬 낫이 뿜어져
나왔다.

촤르륵!

팅!

처음의 실 하나가 사슬 낫에 의해 끊어졌다.

"……."

조용하다.

"너무 낡아서 작동이 되질 않는 건가?"

적연이 고개를 갸웃거리며 한 걸음을 내디딜 무렵이었다.
동굴 안쪽 어둠을 뚫고 파공성이 뿜어져 나왔다.

끼아아!

마치 비명 같은 소리가 적연의 고막을 찢을 듯 헤집었다. 그
와 함께 어둠을 뚫고 수십 발의 화살이 적연을 향해 들이닥쳤
다.

"빌어먹을!"

한순간 방심하게 만들어 버리는 절묘한 시간 차 공격이다. 적연은 쪼그리고 앉아 긴 사슬 낫을 짧게 잡고 빙글빙글 돌렸다.

휘이이이!

바람을 가르며 사슬 낫이 적연의 몸 앞에 막을 형성했다.

따다다다당!

막에 부딪친 화살이 부러지며 사방으로 흩날렸다. 쪼개지고 쪼개진 화살대의 나무 부스러기가 적연의 한쪽 눈에 들어갔다.

"윽!"

적연의 눈이 감겼다.

피웃!

순간 왼쪽 어깨 부위에 통증이 느껴졌다. 그 자그만 틈을 뚫고 들어온 화살 하나가 적연의 어깨를 스치고 지나갔다.

뿌득.

이가 갈렸다.

적연은 몸을 일으키며 일직선으로 나아갔다.

팅! 팅! 티디딩!

몸 이곳저곳에 닿은 실이 당겨지며 끊어졌다. 귀가 쉴 새 없이 움찔움찔거린다.

콰아아!

머리 위쪽이 서늘해졌다. 적연은 황급히 앞구르기를 했다.

푸아악!

그와 동시에 수십 개의 죽창이 동굴 바닥을 꿰뚫었다. 이번에는 양쪽 벽이 튀어나왔다.

팍!

적연은 앞구르기를 하던 탄력을 살려 땅을 박차며 앞으로 쏘아져 나갔다.

콰앙!

벽이 마주 닿으며 상의 끝 자락을 먹었다. 적연은 발걸음을 멈추지 않았다.

부우욱 소리가 나며 상의 끝 자락이 찢어져 나갔다. 금세라도 앞으로 엎어질 듯 뛰어나가던 적연의 발이 바닥을 밟을 무렵이었다.

덜컥!

갑자기 바닥이 꺼지며 적연의 몸을 떨어뜨렸다.

"치잇!"

적연은 때마침 옆으로 떨어지던 바위를 박차고 위로 튀어올랐다.

'짧다!'

한 끗 차이로 위에 손이 닿질 않았다. 위로 솟던 적연의 몸이 서서히 멈췄다가 아래쪽으로 급격하게 떨어졌다.

"빌어먹을!"

황급히 사슬 낫을 벽에 꽂았다.

가가각!

사슬 낫이 벽을 일직선으로 갈랐다. 돌 부스러기가 적연의 온몸을 때렸다.

다급하기 그지없는 상황!

그런데 왜일까. 혼란과 공포가 지배하던 감정이 사그라든 것은 한순간이었다.

냉정해야 한다. 비록 아직 떨어지고는 있지만 무시무시하던 낙하 속도가 조금씩 느려지고 있지 않은가.

사슬 낫은 깊숙이 박혀 있다. 언젠가는 멈추게 될 것이라는 생각을 했다. 그리고 잠시 후, 적연의 예상대로 되었다.

조금씩 떨어지던 속도가 느려졌다.

턱!

적연은 손을 뻗어 벽에 튀어나와 있는 바위를 손으로 잡았다.

깜박깜박.

눈을 끔벅여 보았다.

멈췄다.

적연은 가만히 고개를 숙여 밑쪽을 바라보았다. 자신의 옆으로 떨어지던 바위들의 형상이 작아지더니 이내 어둠 속으로 사라졌다.

그리고 한참 후,

쿠구궁!

밑에서 소리가 들려왔다. 바닥이라는 소리다.

"우라지게 깊군."

적연은 한숨을 내쉬며 고개를 설레설레 저었다. 그때, 픽!

하는 소리와 함께 손으로 잡고 있던 바위가 부서지며 적연의
몸이 아래로 푹 꺼졌다.

턱!

다행히 바로 밑에 튀어나와 있던 바위를 손으로 잡아 추락
을 면할 수 있었다.

현재 적연은 허공에 대롱대롱 매달린 상태였다.

"후우."

긴 한숨을 내쉰 적연은 위로 시선을 돌렸다.

"빌어먹을……."

파바박!

위에서 수십 개의 죽창이 쏟아져 내렸다. 적연은 눈을 질끈
감으며 최대한 벽에 밀착했다.

다행히 죽창은 적연의 몸에 아무런 해도 입히지 못했다. 적
연은 안도의 한숨을 내쉬며 다시금 고개를 쳐들었다.

다행히 많이 떨어지지는 않았다.

적연은 마음을 고르게 다독인 뒤 팔에 힘을 가하며 위로 몸
을 훌쩍 날렸다.

단번에 일 장을 튀어 올라온 적연의 손이 다시금 바위를 붙
잡았다. 그렇게 십여 번을 반복했을 무렵, 적연은 위로 완전히
올라올 수 있었다.

"이젠 얼마나 엄청난 게 나올까?"

적연은 다시금 걸음을 옮겼다.

드드드!

"음?"

갑자기 굴 안이 떨리기 시작했고, 점점 가까워져 왔다. 적연이 고개를 갸웃거릴 무렵,

"이이……!"

어둠 속에서 집채만 한 바위가 이쪽으로 굴러오고 있었다.

"빌어먹을!"

벌써 빌어먹을이란 단어를 몇 번이나 반복한 적연이 뒤로 뛰었다. 저 앞에 푹 꺼진 커다란 구멍이 보였다. 방금 전 적연이 올라온 곳이었다.

'또다시 내려가야 하다니!'

적연은 있는 힘껏 사슬 낫을 땅바닥에 던졌다.

팍! 하는 소리와 함께 사슬 낫이 땅바닥에 깊숙이 박혔고, 적연은 줄에 의지해 구멍 안으로 뛰어내렸다.

촤르륵! 탕! 하는 소리와 함께 낙하하던 적연의 몸이 공중에 멈췄다.

콰르륵!

일순간 구멍 바깥으로 미약하던 빛이 어둠에 둘러싸였다가 밝아졌다. 다행히 바위가 구멍에 박히지 않고 지나친 것이다.

끼릭… 끼릭……!

사슬 낫이 흔들리며 거친 금속성을 흘리고 있었다. 그리고 적연은 다시금 허공에 대롱대롱 매달린 상태.

"후우……."

한숨을 내쉬며 위로 올라온 적연의 몰골은 말이 아니었다. 흙먼지로 인해 머리며 옷이 더러워져 있었다.

탁탁!

손으로 옷을 털던 적연이 먼지 때문에 기침을 토해냈다.

"고약하군."

고개가 설레설레 내저어질 정도였다.

"그러나 가야겠지."

적연은 다시금 걸음을 옮겼다. 이윽고 어둠 속으로 그의 형체가 묻혔다.

콰콰콰!

"빌어먹을!"

어둠 속에서 적연의 욕설이 터져 나왔다.

그렇게 반 시진 정도의 시간이 흘렀을 무렵, 적연의 옷은 이미 누더기가 되어 있었고, 자잘한 상처에서 흘러나온 혈흔이 옷을 물들여 놓았다.

"후욱… 후욱……."

적연은 연신 숨을 헐떡였다.

"나… 살아 있는 건가?"

정말 끔찍한 기관진식이었다. 온갖 지형지물을 이용한 함정 하나하나가 치명적이지 않은 것이 없었다.

어떻게 이곳까지 왔는지조차 기억이 나질 않았다. 그저 살고자 하는 마음이 이끄는 대로 필사적으로 몸을 움직였을 따름이다.

"난 왔다."

적연은 허탈한 미소를 지으며 고개를 들었다.

동굴 벽 근처에 성인 남자 두 명이 간신히 비집고 들어갈 만한 구멍이 보였다. 적연은 안을 들여다보다가 고개를 끄덕였다.

"과연… 왜 올라올 수 없는지 알겠군."

원형의 구멍은 매끈하기 그지없었다. 그 말인즉슨, 무언가 짚거나 디딜 만한 곳이 없다는 이야기다.

표면 역시 특수했다. 매우 미끄럽다고나 할까. 이렇다면 제아무리 경공의 고수라도 소용이 없다.

"내려갈 수 있을지는 몰라도 올라올 수는 없다."

적연은 나지막이 중얼거렸다. 그때 아래쪽에서 차가운 바람이 위로 뿜어져 나왔다.

머리카락이 흩날렸다. 적연은 헝겊을 이용해 머리를 질끈 묶은 후 주위를 살폈다.

"어디 묶을 곳이……?"

때마침 그럭저럭 큰 바위가 보였다. 적연은 밧줄을 꺼내 빙 둘러 묶었다.

탁탁!

밧줄을 당겨보았다. 다행히 단단히 묶여진 것 같았다.

"이제 남은 것은……."

적연은 밧줄 뭉치를 들고 구멍으로 다가가 아래쪽으로 던졌다.

차르륵!

밧줄 뭉치가 구멍 안으로 떨어지며 풀어지는 소리가 들렸다. 그리고 잠시 후, 철썩! 하는 소리가 희미하게나마 적연의 귓가에 들렸다. 밧줄 끝이 바닥에 닿았다는 뜻이었다.

적연은 마지막으로 다시금 밧줄을 당겨 안전을 확인한 후 구멍 안으로 내려갔다.

일백 장을 내려오는 것은 쉬운 일이 아니었다. 벽에 발을 디뎌보았지만 연신 미끄러지기에 바빠 어쩔 수 없이 팔 힘만으로 천천히 밧줄을 탈 수밖에 없었다.

반 시진가량을 허공에서 낑낑대고서야 바닥에 내려설 수 있었다.

빠직.

발바닥에 느껴지는 감촉이 반갑다기보다는 무언가 이상했다. 적연의 무게가 실리자 그 무언가가 무너져 내렸다.

쿵!

적연이 바닥에 엉덩방아를 찧었다.

'이건 뭐지?'

무언가 수북한 것 위에 내려앉은 것 같아 손을 뻗었다.

어둡다. 한 치 앞도 보이지 않는 어둠 속에서 적연의 손에 무언가가 잡혔다. 무언가 둥글둥글하면서도 차갑다.

감촉으로 보아 바위는 아니다. 무언가 조금 더 매끈하다.

그렇게 한참을 더듬거렸을 무렵 적연은 헛바람을 삼켰다.

"뼈?"

뼈가 분명하다. 그것도 사람의 얼굴이다.

적연은 황급히 손을 이리저리 휘저어보았다. 여러 가지의 뼈가 보였다. 그런데 이토록 수북하다는 것은?

'설마 이게 다 뼈란 말이야?'

꿀꺽.

마른침이 삼켜졌다.

"맹에서 하는 일은 단지 마굴 속으로 던져 넣는 것뿐이에요."

마굴로 떠나기 전 지여선이 했던 말이 생각났다. 그렇다면 이 뼈 무덤은 바로 추락사한 시체들이 썩었다는 이야기다.

"제길."

왠지 허탈해졌다.

"이 중에 적운의 것도 있다는 이야길까?"

충분히 가능성은 있다. 적연은 고개를 떨궜다.

착잡한 마음이 가슴을 짓눌렀다.

"아니다."

적연의 아버지 적운은 엄청난 초고수라고 했다.

"살아 있을 수도 있어."

만약 죽었더라도 이런 상태라면 어찌 어머니의 유언대로 아비의 시신을 수습할 수 있겠는가. 그래서는 안 된다.

"일단 찾아보자."

마음을 가다듬은 적연은 몸을 일으켜 주위를 둘러보았다.

어둡다. 한 치 앞도 보이지 않는 어둠이다.

적연은 품속에서 화섭자를 꺼내 불을 붙이려다가 멈칫했다. 듣기로 이곳에는 수많은 악인들이 있다고 한다. 혹여 살아 있는 자가 있다면 자신의 위치를 가르쳐 주는 꼴이 된다.

화섭자가 든 통을 다시금 품에 갈무리하며 조심스럽게 걸음을 옮겼다.

더듬더듬.

적연은 앞을 휘저으며 걸음을 옮겼다. 그렇게 얼마간 지나자 눈이 어둠에 익숙해지면서 형상이나마 조금씩 보이기 시작했다.

발걸음 소리도 죽이고 최대한 조심스럽게 발걸음을 옮겼다.

부스럭.

갑자기 등 뒤에서 들려온 소리에 적연은 그 자리에 멈춰 섰다.

찍찍!

'쥐였군.'

적연이 가슴을 쓸어내릴 무렵이었다.

"넌 뭐냐?"

나지막한 목소리. 머리가 쭈뼛 섰다.

'기척을…….'

느끼지 못했다.

턱.

앙상하게 마른 손이 적연의 어깨 위에 올라와 있다. 순간 적연은 몸을 급격하게 돌리며 주먹을 뻗었다.

빡!

털썩.

"다짜고짜 주먹질이라니."

희미해지는 의식 속에서 목소리가 들려왔다.

"으음……."

정신을 차린 적연은 몸을 일으켰다.

"으윽."

아직 골이 띵하다.

'정신을 잃은 건가?'

기억을 가다듬어 보았다. 어둠 속에서 갑자기 들려온 목소리, 그리고 반격.

"정신이 드나?"

흠칫!

적연이 뒤로 몸을 훌쩍 날려 거리를 벌렸다.

"먼저 공격한 것은 자네야. 난 반격했을 뿐이고."

"당신은?"

"뭐, 먹을 것은 없나? 혁낭 안은 텅 비었더군."

어둠 속에서 뭔가가 날아와 적연의 발치 앞에 걸렸다. 메고 왔던 혁낭이다.

적연은 경계 어린 눈동자로 희미한 형상만 보이는 정체불명의 그를 바라보았다.

"당신은 누구요?"

"그러는 자네는 누군가?"

다행히 목소리에 살기는 없다.

"난 한 사람을 찾아왔소."

"한 사람을 찾기 위해 마굴에 왔다고?"

그는 껄껄 웃었다.

"허허허. 자네, 용기가 가상하군. 그래, 찾는 사람이 누군가?"

"적운."

"…적운?"

"그렇소."

"무슨 사이인가?"

"내 아비란 자요."

그의 말이 잠시 멎어졌다.

"…그런가?"

"혹시 아시오?"

"아아… 내가 아는 자다."

적연의 눈이 크게 치켜떠졌다. 운이 좋게도 만난 사람이 적운을 알고 있다. 마음이 다급해졌다.

"어디 있소?"

"…이미 만났을 텐데?"

"에?"

"그 뼈 무덤 어딘가에 있을 터."

덜컥!

가슴 한편이 덜컥 내려앉는 듯한 느낌이었다.

"이곳에 오는 이들 중 백 중 아흔아홉은 추락사다. 그리 보자면 네 아비는 운이 좋았지."

적연은 고개를 떨궜다.

"…죽었소?"

"그래."

왜일까. 마음 한편이 아려왔다.

생각해 보면 그는 아비도 아니었다. 적연은 그의 얼굴조차 모른다. 또한 어려서부터 그리도 증오해 오지 않았던가. 그런데 어째서…….

어째서 이리도…….

적연은 잠시 고개를 떨궜다.

"크으… 어찌 죽었소?"

"지쳐서… 절망 속에서 죽었다. 그뿐이다. 이 어둠 속에서."

어둠 속에서 들려오는 목소리는 건조하기 그지없었다. 아무런 감정도 느껴지지 않았다.

"그렇소?"

낙심한 어조로 중얼거리던 적연이 품속을 뒤졌다. 화섭자를 꺼내 불을 밝힐 심산이었다.

"어?"

그런데 없었다.

"화섭자 말이냐? 내가 치웠다."

"어찌 그랬소?"

"난 벌써 수십 년간 빛을 보지 못했다. 어둠에 익숙해져 버렸지. 갑자기 빛을 쐬면 눈이 멀게 될 거야."

분명 일리가 있는 말이었다.

"이곳에는 당신 말고 또 누가 있소?"

"…나 이외에는 없다."

다 죽었다는 이야기다. 적연은 시름 어린 한숨을 내쉬었다.

빛 한 점 들지 않는 이런 척박한 곳에서 그 누가 살 수 있겠는가. 그렇게 따지자면 정체를 알 수 없는 저자는 참으로 대단하다 할 수 있었다.

그나마 아비를 아는 자를 만난 것이 다행이라고 해야 할까. 죽었다는 것이라도 알게 되지 않았는가.

"이래서야 어머니의 유언조차 들어드리지 못하게 되었군."

수많은 뼈 중에서 어찌 적운의 것을 찾아낼 수 있단 말인가. 그때 어둠 속에서 목소리가 들려왔다.

"무슨 소리냐?"

"시신이라도 찾아 묻어드리는 것… 그것이 어머니의 마지막 유언이었소. 빌어먹을… 그런 자가 무슨 낭군이라고… 내 아비라고…….."

"…그렇군."

그는 수긍하는 어조로 중얼거리더니 적연에게 물어왔다.

"적운에게 네 어미에 대해서는 몇 번 들었다. 또한 너 역시. 이름이 적연이지?"

적연의 눈이 동그랗게 떠졌다.

"아들이면 적연, 딸이면 적운혜라고 정했다 하더군."

"그렇소?"

"적운과 나는 꽤나 죽이 잘 맞는 친구였지."

"…그랬습니까?"

아버지와 친구라는 말 때문일까? 자연스럽게 존칭이 흘러나왔다.

"껄껄, 친구지만 서로의 생김새는 알아볼 수 없었지. 이 어둠 때문에. 의지할 것은 목소리뿐이었어."

"그렇군요."

"그래, 이제 어찌할 테냐?"

"돌아가겠습니다."

"가면 안 된다!"

갑작스럽게 들려온 단호한 목소리에 적연이 고개를 갸웃거렸다. 어찌 돌아갈 수 없단 말인가.

의문은 곧 풀렸다.

"잠시 뒤부터 바람이 구멍을 타고 치솟을 게다. 밧줄을 타고 내려온 모양인데 낭패를 보게 될 터. 오늘은 이곳에서 쉬거라."

"…알겠습니다."

적연은 고개를 끄덕일 수밖에 없었다.

"그랬구나. 대막에서 살았구나."

그는 고개를 끄덕였다.

"고생이 많았구나."

"어머니가 고생을 하셨지요."

"그래, 네 어머니는 고통없이 가셨고?"

"…예. 하지만 끝까지 그 사람을 생각했습니다."

적연은 조그맣게 중얼거렸다. 하지만 적운을 말하는 부분에서의 노기가 느껴지지 않았다. 막상 죽었음을 알게 되서부터였다. 분노해 봤자 무슨 소용인가 하는 생각이 들었다.

그렇게 쓸쓸하게 죽었다니 마음이 착잡했다. 알 수 없는 감정이다. 아니, 알고 있으나 못내 부정했다.

"그 사람은 강했습니까?"

"강하다? 어떤 의미지? 육체적으로? 아니면 정신적으로? 무공 수위를 논하는 거라면 적운은 강했다. 하지만 정신적으로는 그렇지가 못했어. 나약했지. 그리고 어리석었어."

"어리석었다라……."

"이런 말이 있지 않느냐? 항상 자기가 가진 것의 삼 푼을 아끼라는. 그러나 그는 그러지 못했다. 결국 그 어리석음으로 팽당한 거야."

그는 차가운 벽에 등을 기대며 말을 이었다.

"너는 그러지 말거라. 너에게 해줄 수 있는 말은 이것이 전부구나."

적연은 고개를 떨궜다. 그는 조심스러운 목소리로 물어왔다.

"이제 넌 어쩔 생각이더냐? 대막으로 돌아갈 거냐?"

적연은 고개를 저었다.

"아직은 모르겠습니다. 생각해 보지 않았습니다."

다음날.

적연은 뼈 무덤 앞에 섰다. 형체도 제대로 보이지 않는다.

"후우."

적연은 한숨을 내쉬었다.

그는 적연의 모습을 보고 있다가 물었다.

"올라갈 테냐?"

"같이 가시지요."

적연의 말에 그는 고개를 가로저으며 껄껄 웃었다.

"난 가지 않는다."

"예?"

예상치 못한 반응이었다. 당연히 올라가리라 생각했다.

그는 자조적인 목소리로 말문을 열었다.

"세상은 날 버렸다. 그리고 이제 나 역시 세상을 버렸다."

"…정말 가지 않으실 겁니까?"

"그래."

그의 목소리는 침울한 가운데 단호함을 머금고 있었다. 적연은 안타까운 표정을 지었다.

그때 그가 품에서 자그만 책자를 건네주었다.

"가져가거라."

"무엇입니까?"

"적운 그 친구의 유품이란다. 뭐라고 쓰여 있는지는 모르겠지만."

"유품… 입니까?"

"그래. 이것도 천운이라면 천운이다."

그는 적연의 혁낭에 책을 넣어주었다. 적연은 잠시 생각하다가 입을 열었다.

"제가 올라가더라도 밧줄은 그대로 놓아두겠습니다."

그는 고개를 저었다.

"잘라 버리거라."

"정녕 등지실 겁니까?"

"그래."

적연은 고개를 끄덕일 수밖에 없었다.

"이름이라도 알려주십시오."

적연이 밧줄을 잡은 후 그가 있음 직한 방향으로 물었다. 하지만 대답은 들려오지 않았다.

'벌써 돌아갔나?'

적연이 밧줄을 타고 올라갔다. 그렇게 얼마나 시간이 지났을까.

빠직.

뼈 무덤에서 소리가 들렸다. 그는 계속 그 자리에 머물고 있었다.

가만히 고개를 들어 구멍 위를 바라보았다. 이제는 적연의 모습이 보이지 않는다.

흔들거리는 밧줄이 또렷이 보였다. 적연은 볼 수 없었지만 그는 모든 것을 볼 수 있었다. 애초부터.

"내가 돌아가면 세상이 어지러워질 거야. 그 풍파가 너에게도 휘몰아칠 것은 자명한 일. 그래서 난 갈 수 없다."

그는 복잡한 미소를 지었다.

"많이 컸구나, 내 아들 적연……."

혹시 몰라 숨죽여 중얼거리는 적운이었다.

*　　　*　　　*

턱.

마굴 위로 올라온 적연은 가볍게 한숨을 내쉬었다.

제일 먼저 한 일은 혁낭 속에서 그가 건네준 책자를 살피는 것이었다.

"어설프군요."

책자는 너무도 깨끗했다.

"끝까지 마음에 들지 않아."

이게 무슨 유품이란 말인가. 어젯밤에 쓴 것이 분명한데.

급하게 휘갈겨 쓴 티까지 나는데.

아직 채 마르지 않은 먹물 냄새가 코를 자극하는데.

"…먹과 붓은 또 어디서 난 거야?"

투덜거리는 어조에는 힘이 없었다. 적연은 가만히 마굴의 입구를 바라보았다.

"어째서 밝히지 못하십니까?"

자신이 적운임을.

처음부터 알았다. 본능적으로 말이다.

그래서 부모와 자식이 특별한 것이리라.

"비겁하구나, 나도."

결국 끝까지 아버지라 말씀드리지 못했다.

알량한 자존심? 그럴 수도 있다.

그러나 적운이 왜 자신을 따라 밖으로 나오지 못했는가에 대해서는 희미하게나마 짚이는 바가 있었다.

나올 수가 없을 것이다. 혹시라도 적운이 살아서 바깥에 나왔다는 소문이 퍼질 경우 정파와 사파를 막론하고 달려들 것이 틀림없기 때문이다.

그렇게 될 경우, 그 불씨는 적연에게도 튈 것이다. 적운은 그것을 염려한 것이다.

"이래서야… 마음대로 증오하지도 못하게 돼버렸잖아."

적연은 힘없는 걸음걸이로 구멍 쪽에서 밧줄을 끌어 올렸다.

차마 자를 수가 없었다.

"형님!"

한산의 마을로 돌아왔을 때 먼저 반긴 것은 반색을 하고 달려오는 미친개였다.

"걱정했어요."

"그래."

적연은 힘없는 표정으로 고개를 끄덕였다.

"무사히 돌아오셨군요."

한산이 온화한 미소를 지은 채 적연에게 다가왔다.

"하시려던 일은 잘되셨나요?"

적연은 고개를 끄덕였다. 그러자 미친개가 놀란 표정으로 물었다.

"어떻게 되셨어요?"

"찾았다."

미친개는 황급히 주위를 둘러보았다. 적연 이외에는 없었다.

"도, 돌아가셨던가요?"

조심스러운 물음에 적연은 고개를 내저었다.

"그러면 왜 형님 혼자서 돌아오셨… 어요?"

그 물음에 대해서 적연은 대답하지 않았다.

"글쎄……."

"예?"

적연의 힘없는 어조에 미친개는 고개를 갸웃거렸다.

『용검풍』 제2권 끝

초등학생이 반드시 읽어야 할 좋은 책 49권

각 학년별로 초등학생이 반드시 읽어야할 좋은 책을
선정하여 통합논술의 기본이 되는 '올바른 독서법'을
일깨워 줍니다.

교과서와 함께하는
초등학교 통합논술

♣ 혼자 할 수 있어요.
엄마가 책 읽는 방법을 가르쳐 주어도 좋아요.
독서지도하는 선생님이 가르쳐 주어도 좋답니다.
"초등 교과서와 함께하는 통합논술 시리즈"는
아이 스스로 독서할 수 있도록 꾸며진 책이에요.
엄마와 선생님은 요령만 가르쳐 주시면 된답니다.

♣ 교과서의 중요한 내용이 총정리되어 있어요.
각 학년별로 중요한 교과 내용이 함께 수록되어 있어요.
초등학생은 교과서 내용을 충실하게 공부해야 합니다.
아울러 그와 병행한 독서가 대단히 중요하지요.
"초등 교과서와 함께하는 통합논술 시리즈"는
두 가지 방법 모두 알려준답니다.

♣ 이 책은 훌륭하신 선생님들이 함께 쓰신 책이랍니다.
동화작가 선생님들이 쓰셨어요. 소설가 선생님도 쓰셨답니다.
국어 논술독서지도 선생님들도 함께 쓰셨지요.
"초등 교과서와 함께하는 통합논술 시리즈"는
엄마의 마음으로 모든 선생님들이 함께 꾸민 책이랍니다.

입소문을 통해 아는 분은 다 알고 계십니다!
올 한해 공인중개사 최고의 화제작!

1~2권 합본 | 이용훈 지음
3~4권 합본 | 이용훈 지음
5~6권 합본 | 이용훈 지음
용어해설 | 이용훈 지음
1~2차 문제풀이집 | 이용훈 지음

수험생 기본 필독서
만화 공인중개사

제목 : 만화공인중개사 쓰신 분에게 감사드립니다.

학원을 두달 다녔어요. 근데 과연 그 숫자 와우기 그런게 몇 문제나 나올까 생각을 했어요.
아니라는 생각이 드네요. 학원강의를 뒤로 하고 서점을 갔어요. 내 머리에 가장 이해될 수 있는
책이 없나 하구요. 거기서 만화를 발견했어요. 무조건 세번 봤어요. 3개월 걸렸어요. 문제집을
보라고 했는데 그건 시행을 못했어요. 근데 합격을 했네요.
어떻게 감사의 말을 해야 될지…
도서관에서 만화책 들고 다니니까 사람들이 비웃더라구요. 만화책으로 공인중개사를 공부한
다고 미친사람처럼 보더라구요. 근데 그거 다 감수하고 했던 내가 자랑스럽습니다.
어떻게 감사의 말을 해야 할지 정말 감사합니다.
부디 행복하세요. 제 나이 41살에 좋은 스승을 만난 거 같습니다.
엎드려 감사드립니다.

─본사 홈페이지에 독자분이 올린 메일 中에서 발췌─

잘나가고 싶은 사람은 읽어라!

그에게 한눈에 반했다! 그것은 분위기 탓?
애인과 나란히 걸어갈 때 당신은 좌, 우 어느 쪽에 서는가?
이성은 왜 서로 끌리는 걸까? 그 심층 심리를 해명한다!

30초의 심리학

■ 30초의 심리학
아사노 하치로우 지음 / 계일 옮김 | 값 8,500원

처음 본 사람인데 와 닿는 느낌이
너무나도 강렬한 사람이 있다.
흔히 하는 말로 '필이 꽂힌 사람',
그래서 잊혀지지 않는 사람,
한눈에 반했다고 하는 것이 바로 그것이다.
이런 인간의 감정을 논하는 데
남녀의 구분이 있을 수 없다.
사랑하는 그, 혹은 그녀를
생각하는 것만으로도 가슴이 두근거린다.
이상할 것 없다. 당연히 그럴 수 있는 것이다.
그렇기에 인간을 감정의 동물이라 하지 않는가.
그러나 그렇게 좋아하는 그 사람이
어느 날 갑자기 싫어지는 경우는 왜일까?

Psychology